DREAMBOOKS

DREAMBOOKS★

華山前生

화산전생

정준 신무협 장편소설

ORIENTAL FANTASY STORY & ADVENTURE

dream
books
드림북스

화산전생 12

초판 1쇄 인쇄 2018년 7월 19일
초판 1쇄 발행 2018년 7월 30일

지은이 정준
발행인 오영배
기획 박성인
책임편집 이대용
표지 일러스트 eunae
디자인 권지연
제작 조하늬

펴낸곳 (주)삼양출판사 · 드림북스
주소 서울시 강북구 도봉로 173
대표 전화 02-980-2112 **팩스** 02-983-0660
편집부 전화 02-980-2116 **팩스** 02-983-8201
블로그 blog.naver.com/dreambookss
출판등록 1999년 3월 11일 제9-00046호

ⓒ 정준, 2018

ISBN 979-11-283-9369-3 (04810) / 979-11-283-9192-7 (세트)

드림북스는 (주)삼양출판사의 판타지 · 무협 문학 브랜드입니다.

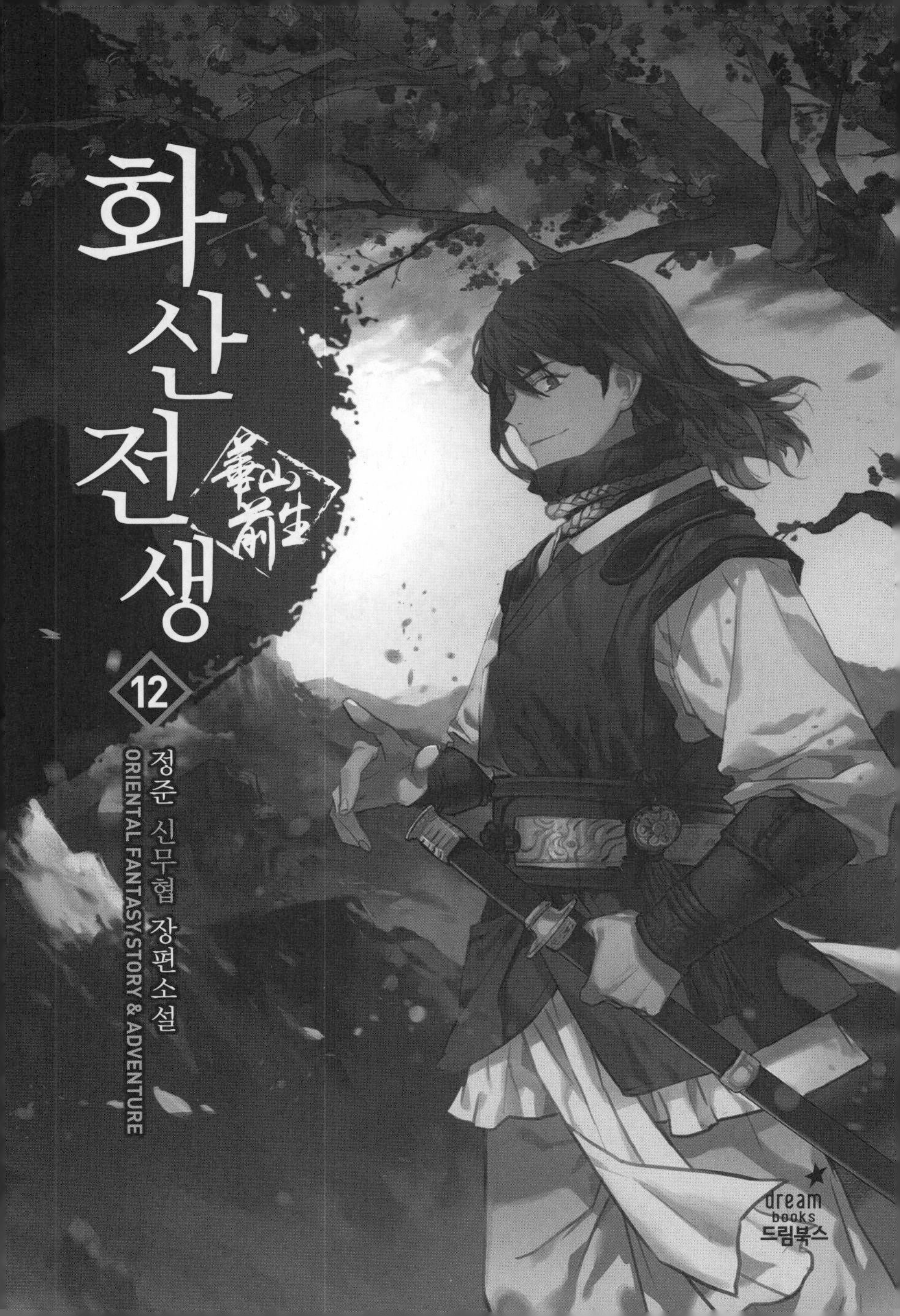

화산전생
12
정준 신무협 장편소설
ORIENTAL FANTASY STORY & ADVENTURE
dream books
드림북스

목차

第一章
검신귀환(劍神歸還)

전쟁이 끝나고 평화가 찾아왔다.

비록 언제 깨질지 몰라 불안한 평화였으나, 그래도 숨을
돌릴 수 있는 귀중한 한때를 즐길 수 있었다.

규모가 규모다 보니 어딜 가도 정마대전에 대한 이야기
뿐이었다.

그리고 그중에서도 화제가 되는 건, 단연 죽은 줄만 알았
던 주서천의 생존 소식이었다.

"검룡이 살아 있다더군."

"뭣? 그게 정말인가?"

사람들도 처음에는 헛소문으로 치부했다.

무림맹이 정파의 영웅의 이름을 이용해 지원금을 받아내려는 속셈이 아닌가 하는 말이 있었던 탓이다.

전쟁 도중이니 사기를 떨어뜨리지 않고, 거짓된 희망을 불어넣으려는 것은 아닌가 싶었다.

그러나 목격자가 한둘이 아니었고, 천마의 결전 탓에 믿을 수밖에 없었다.

"그뿐만 아니라, 천마가 검룡에게 패배했다던데?"

"허? 농담치곤 너무 터무니없네만⋯⋯."

"아니면 혈마 때처럼 어부지리로 이긴 것 아닌가?"

이 대결 역시 도저히 믿을 수가 없었다.

죽은 줄만 알았던 사람이 돌아온 건 그렇다고 쳐도, 서른, 아니 이제 막 약관에서 벗어난 무인이 상천칠좌를 정면 대결로 이겼다는 건 불가능했다.

하지만 거짓치고는 목격자가 너무 많았다. 무림맹에서만 수백 명, 마교는 네 자릿수였다.

소문은 사실이었고 무림을 경악에 빠뜨렸다. 하나같이 귀를 의심하고, 몇 번이나 의아해할 정도였다.

아직까지 반신반의하는 사람들이 무더기로 있을 정도로 충격적인 소식이었다.

중원은 물론이고 새외까지 격동했다. 사안이 사안인 만큼 그 여파는 작지 않았다.

정파 무림은 그야말로 축제 분위기였다.

혈교에 이어 마교에게 승리한 것도 모자라, 영웅이자 희망이었던 주서천이 절대고수가 되어 돌아왔다.

정파인들은 만면에 웃음을 머금으며 두 팔 벌려 환호했다.

"무림맹 만세!"

"주서천 대협 만세! 화산파 만만세!"

"검신(劍神) 주서천 만세!"

섬서, 화산파.

"역시 살아 계실 줄 알았어!"

정휘련은 주서천의 생존 소식에 무릎을 탁 치며 소리를 질렀다. 장문인 체면도 잊은 채 자리에서 벌떡 일어나 어린아이처럼 기뻐했다.

"암, 그렇고말고. 그놈이 그리 쉽게 죽을 리 없지!"

단약사, 영진이 껄껄거리며 웃어 댔다. 그를 비롯한 화산 오장로도 하나같이 안도의 한숨을 내쉬었다.

"정말로 다행이네."

"유 사형, 축하드립니다."

"사제도 한시름 놓았겠구먼."

화산파 사형제들이 주서천의 스승, 소유검 유정목을 찾

아가 인사를 건넸다.

"감사합니다."

유정목은 살짝 웃는 얼굴로 인사에 답했다.

사실 다른 사람들처럼 크게 기뻐하고 있지는 않았다. 제자의 생존을 어렴풋이 알고 있어서였다.

정확히 말해서는 믿고 있었다는 것이 맞았다.

'그리 쉽게 죽을 아이가 아니니까.'

어릴 적부터 비상했던 아이다. 또한 수림구채, 도수창병 사건 당시 행방불명됐을 때도 멀쩡히 살아 있었다.

게다가 제자에 대한 소식 중에서 절벽에서 떨어져 시신을 찾지 못했다는 걸 듣고 확신했다.

"휴유, 정말로 다행이로다."

지검옹 학송이 천만다행이라며 안도했다.

불과 얼마 전에 전대 장문인을 허무하게, 그것도 너무 일찍 잃지 않았나. 그 와중에 미래이자 희망인 주서천의 사망 소식을 듣고 이젠 어째야 하나 싶었다.

실제로 그 파급력이 상당했다. 언제나 사문 앞에서 길게 줄을 잇던 손님들이 크게 줄었던 탓이었다.

화산파가 최고라며 아이를 맡긴 극성 부모들이 찾아와 항의한 일도 있었다. 속가제자들의 지원이 잠시간 끊길 정도로 상황이 좋지 않았다.

게다가 다들 복수에 눈이 멀어 불안했는데, 덕분에 진정됐다. 이번 일로 신경이 쓰여 머리털도 빠졌었다.

무엇보다 호사인 건 검신의 배출이었다.

상천칠좌, 절대고수의 배출은 곧 사문의 힘이요 영향력이다. 아무리 전성기라 평가받아도 정작 당대에 절대고수가 존재하지 않는다면 전성기는 끝이다.

구파일방이며 유구한 역사를 자랑하는 대문파, 화산파라도 다를 건 없었는데 천만다행으로 주서천이라는 불세출의 천재 덕에 전성기를 이어갈 수 있었다.

안휘, 무림맹 본부.

"좋았어!"

남궁위무 역시 체면도 잊고 좋아했다. 무림맹 상층부도 마찬가지였다. 다들 축제 분위기였다.

일 차 격돌 때부터 좋지 않았던 결과를 듣고 침체에 잠겼었다.

군사진이 밤을 새워 가면서 전황을 어찌 타파할지 토론했지만 나아질 기미가 보이지 않았다.

결코 좋지 못한 상황이었다.

남궁위무가 직접 나설 정도였으나, 최후의 보루로 남아야 했다. 패신군이 합류한 사도천도 신경 쓰였다.

별수 없이 다리를 떨어 대며 소식을 기다릴 수밖에 없었다.

얼마 지나지 않아 상명진인의 사망 소식에 가슴이 철렁 내려앉았고, 특히 귀한 손자인 창룡 남궁선유가 사경을 헤맨다는 걸 듣고는 얼굴에 패색이 짙어졌다.

아무것도 할 수 없는 신세를 보고 무엇이 무림맹주냐며 원망하고 있을 때, 믿을 수 없는 소식을 듣는다.

검룡, 아니 검신과 천마와의 대결.

극적인 때 주서천이 살아 돌아와 모두를 구했다.

"그래. 그 녀석이 그리 쉽게 죽을 리는 없지!"

남궁위무도 주서천의 죽음에 의문을 지녔었다.

현경이 옆집 개 이름도 아니고 그리 쉽게 죽을 리는 없었다. 아무리 마교의 사대호법이나 무력 부대가 합공을 했다지만, 찝찝한 게 한두 가지가 아니었다.

'주 대협…… 참으로 대단하구나.'

제갈상도 경악과 감탄을 금치 못하며 생각했다.

눈을 감으니 어린 시절의 주서천이 떠올랐다.

그때도 무언가 범상치 않았지만, 설마하니 서른도 되지 않아 상천에 오르는 성취를 이룰 줄은 몰랐다.

'그 덕에 수란이가 목숨을 구했구나. 나중에 감사 인사를 꼭 드려야겠어.'

오라비로서 누이를 걱정하지 않을 리 없었다. 특히나 사이좋던 제갈 남매다.

마음 같아선 그 위험한 최전선으로 보내고 싶지 않았지만, 상황이 상황인지라 그럴 수가 없었다.

제갈상은 가슴을 쓸어내리며, 앞으로의 정리를 위해서 무림맹주에게 말을 걸었다.

사도천.

"뭐?"

사도천주가 어이없어했다.

"다시 말해 봐. 뭐라고?"

"주서천이 살아 돌아왔습니다."

"허, 참. 끈질긴 녀석이군."

사도천주도 주서천을 좋아하지 않는다. 패신군의 정체를 알면 거품을 물 사람 중 하나였다.

꽤나 지난 일이지만 최초의 악연은 귀주에서였다.

나름대로 준비한 양동 작전이 주서천 탓에 실패하고, 대패를 거두게 되자 앙심을 품게 됐다.

이후 수림구채를 이용하여 어찌어찌 죽였나 싶었지만, 그때도 멀쩡하게 살아 돌아와 실패했다.

게다가 몰라보게 성장하게 되면서 암살이 어려워졌고 심

지어 어디 한곳에 툭하면 박혀서 건드리기가 부담스러워졌다. 그 후로는 사도천에서도 이런저런 일이 생겨서 신경 쓰지 않게 됐다.

눈에 계속 밟혔지만 별수 없이 내버려 두었다가 어느 날 죽었다는 걸 듣고 손뼉을 치며 좋아했었다.

그런데 사지 하나 잃지 않고 멀쩡히 돌아왔다. 심지어 절대고수가 됐으니 짜증이 안 날 수가 없었다.

'정말로 그 나이에 심상을 구현했다고?'

짜증도 짜증이지만, 의문이 안 생길 수가 없다.

과거의 상천들처럼 주서천이 현경의 성취를 이루었다는 것은 아무리 생각해도 이해가 가지 않았다.

그러나 목격자가 한둘도 아니고, 수천 명이 보는 앞에서 천마와 대등하게 맞붙었다 하니 믿을 수밖에.

"봉우리조차 생겨나지 않도록, 그때 싹을 짓밟아 뒀어야 했는데……."

사도천주가 아쉬운 듯 입맛을 쩝쩝 다셨다.

정마대전에 관련된 소문은 마르지 않는 샘물처럼 끊이지가 않았다. 그 양은 대해(大海)와도 같았다.

발 없는 말이 천 리를 간다고 하지 않나. 무림 전역을 몇 번이나 돌 정도로 전파 속도가 빨랐다.

다만, 소문이 전부 진실된 건 아니었다. 강호의 소문은 대부분 와전되거나 과장되기 마련이었다.

헛소문이 반 이상일 정도였고 그중에서 사실로 판명된 것은 소문에 비해 그다지 많지 않았다.

"금의상단의 무곡에 대해서 알고 있나?"

"알다마다. 검신, 주서천이 보증한 무인이 아닌가."

"부교주 전호마와 북사호법 엄구유가 일검에 당했다던 데……."

그중에서도 무곡에 대한 소문은 몇 없는 사실 중 하나였다. 대마두가 둘이나 당해 단숨에 주목받았다.

과거 별호 전광검귀도 옛것이 됐다.

한동안 금의상단을 위해서 일하기도 했고, 소속이 소속이다 보니 별호가 떨어질 생각을 하지 않았다.

그러나 이번에 워낙 활약하기도 했고, 그 검신이 치켜세워 주니, 재평가받는 건 당연했다.

이번 전장에서 묵묵하게 검만 휘두른 것도 인상적이었고, 적 대부분을 일검에 참살해 새 별호가 붙었다.

검을 끝없이 연마했다 하여 검마(劍摩)였다.

"내 듣자 하니 금의상단주가 무림의 평화를 걱정하여, 검마를 보냈다고 하던데……."

"그 황금충…… 아니, 상왕(商王)이 말인가?"

최근에 들어서 이의채는 상왕이라 칭해진다.

상단의 몸집이 커진 이후로 여러 사업을 성공시켰으며 이름난 상단을 인수해 능력을 인정받았다.

주서천이나 무곡의 훈련으로 단련된 금의검문이 표국을 대신해 준 덕에 상품의 손실도 없어 손해도 줄었다. 표국을 따로 이용할 필요가 없어 지출도 줄었다.

게다가 무곡이 간간이 상단의 적이나 골칫덩이를 해결해 주니 딱히 문제가 없었다.

무엇보다 주서천 덕에 무림맹을 비롯한 명문지파의 교역이나 지역 상권을 독점하다시피 한 게 컸다.

또한 정혈대전 이후로 무림맹이 어려워지자 무상으로 해 주거나 혹은 값싸게 도와준 적도 있어 호의를 살 수 있었다.

"전에는 돈에만 환장한 사람인 줄 알았는데 생각보다 괜찮은 사람인 것 같네."

"그래. 무림맹이 어려울 때마다 도와주지 않나."

그렇지 않아도 최근 상계를 주름잡으며 정파 무림에서도 지지를 받기 시작한 금의상단이었는데, 검마가 활약해 주니 호랑이에게 날개를 달아 주는 격이었다.

금의검문 또한 주서천이나 무곡이 방문해 임시 교두로서 활동한다는 소문이 돌자 방문자도 급증했다.

그 외에도 최후에 목숨을 걸고 시간을 끌려던 지일광 등의 활약이 밝혀져 명성을 드높이기도 했다.

한편, 현 무림에서도 특히 소란의 중심 인물인 주서천은 지휘 막사에서 휴식을 취하고 있었다.

천마에게 승리한 뒤, 회귀의 부작용 탓에 거의 쓰러지듯 잠들어 주변인들에게 걱정을 끼쳤으나, 푹 자고 일어나 최적이라 할 정도로 몸 상태가 좋아졌다.

참고로 정마대전이 끝난 뒤, 부상자를 모아 정당한 대가를 지불하고 통째로 빌린 인근의 마을을 거처 삼아 휴식을 취하게 했다.

다만, 며칠이 지났음에도 주서천은 방문자를 극히 제한한 채 방 밖으로 나가지 않고 박혀 있었다.

"주서천 대협께선 괜찮으신 거요?"

"제가 대협을 위해서 약을 가져왔소."

"한 번만 보게 해 주시오."

"우리 대협 어떻게 해……."

"누가 누구 대협이니?"

"흐아앙, 주 가가!"

"가가? 이 미친 것이?"

주서천의 거처 앞으로 수백 명이 모였다. 과장이 아니라 정말 매일매일 수백의 사람들이 몰려들었다.

마교가 패퇴하고 무림맹이 승리하자, 곳곳에서 기회를

노리던 이들이 몰려들어 축하 인사를 걸어왔다.

속셈이 뻔했으나 구원 물자도 가져왔는지라 대놓고 욕할
수는 없었다.

"상천칠좌가 되니까 주목이 보통이 아니로군."

패신군이야 워낙 인상이 험악하기도 하지만, 함부로 접
근할 수 없는 분위기를 내서 귀찮음을 피했다.

그러나 사람들의 선망과 존경을 받는 검신의 경우에는
여간 귀찮은 게 아니었다.

예전에는 이런 자리를 부러워하곤 했는데, 정작 당사자
가 되니까 좋은 것만이 아니라는 걸 깨달았다.

'해야 할 일이 많다.'

머릿속으로 천마와의 대화가 떠올랐다.

목숨이 끊기기 전, 천마는 승자에 대한 보상이라며 암천
회에 대해서 축약해 알려 주었다.

수뇌인 개양이 직접 알려 준 만큼 그 정보의 질이 보통이
아니었다.

'암천회도 암천회지만, 따로 우선해야 할 일이 있다.'

주서천의 눈매가 가늘어졌다.

*   *   *

정마대전은 끝났지만, 모사인 제갈수란의 할 일은 많다. 마교의 잔당을 소탕도 해야 하고, 그 외에도 전장에 남아 시신의 회수라거나 혹은 백성들에게 적절한 보상을 해야 했다. 또한 현장의 지휘관으로서 보고도 따로 해야만 했다.

참고로 모사미봉도 정마대전으로 명성을 떨쳤다.

이제 여인이라며 무시하는 사람은 없었다. 비록 일 차 격돌 시에 뼈아픈 패배를 맛보았지만, 그래도 그 후로 적절한 판단과 지휘로 무인들에게 인정받았다.

"최근, 모사의 표정 변화가 참으로 재미있구려."

은하노사가 허허 웃으며 수염을 쓰다듬었다.

"⋯⋯?"

제갈수란이 문서 위에서 놀리던 붓을 멈췄다. 무슨 말을 하냐는 듯, 그녀의 얼굴에는 의문이 묻어났다.

"검룡, 아니 검신의 생존 소식을 들었을 때는 사모하는 이가 살아 돌아온 것처럼 기뻐하시더니만, 그가 거처에서 나오지 않는다는 소문을 듣자마자 안절부절못하며 걱정하는 모습이 참으로 신선하오."

은하노사가 재미있다는 듯이 짓궂게 웃었다.

평소에 워낙 무표정하고 웬만한 일에도 놀라지 않는 모사다. 지금도 그렇지만 첫 만남에는 워낙 인간미가 느껴지지 않아 사람보단 인형에 가까웠다.

그러나 결코 인형 같은 게 아니었다. 한동안 함께 시간을 보내 보니 그저 감정 표현이 서툰 것이란 걸 알게 됐다.

또한, 주서천의 이야기가 나올 때마다 보이는 반응이 신선하고 재미있었다.

지금도 마찬가지. 아무렇지 않은 것 같으면서도 귓불이 불그스름해진 걸 보니 입가에 미소가 맺혔다.

"영웅이자 상천을 만나려는 사람들이 인산인해를 이루다 보니, 그 탓에 지금쯤 꾀병을 부리고 있는 것일 거요. 그러니 모사께선 걱정할 것 없소."

은하노사는 제갈수란을 안심시키려는 듯이 말했다.

그러나 정작 제갈수란은 어떠한 대꾸도 하지 않았다. 멈췄던 붓을 움직이며 글을 써 내려갈 뿐이었다.

표정에도 아무런 변화가 없었다. 늙은이의 짓궂음에 당황하지도 않았고, 반발하지도 않았다.

자칫 잘못하면 무례하게 보일지도 모르는 모습이다. 그러나 그녀가 공적일 때를 제외하곤 별말을 하지 않는 성격이란 걸 잘 알고 있어 별로 개의치 않았다.

제갈수란은 다시 산더미처럼 쌓이려는 서류 더미에 집중했다. 이상하게도 마음이 한결 가벼웠다.

'주 공자…… 지금쯤, 잘 쉬고 있으려나?'

주서천은 몰래 거처를 빠져나왔다.

혹시라도 도중에 사라진 것이 알려져 소란을 일으키지 않도록 밖의 무사들에게 출입을 통제시켰다.

어차피 하루 이틀 정도밖에 되지 않으니 괜찮다.

'좋아. 일단 복수를 한다. 문어 대가리…… 아니, 파계승을 쳐 죽인다.'

무림맹이 머무르는 마을에서 동쪽으로 한나절 정도 경공으로 달리면, 한적한 산이 나온다.

주서천은 산 중턱에 앉아 검을 이리저리 살피면서 홍고가 오기만을 기다렸다.

'홍고를 이대로 내버려 둘 수 없다.'

아무리 소림사 인재를 무수히 배출시키고 훗날 암천회주와의 결전에서 활약해도 눈감아 줄 수 없었다.

아니, 이제 와선 그러한 미래가 펼쳐질지도 의문이었다. 지금에 와선 너무나도 많은 것이 변했다.

홍고는 신권이 아닌 미쳐 버린 땡중에 불과하다. 그 이상도 그 이하도 아니었다. 여러모로 맛이 가 버렸다.

아무리 소림을 위해서라고 해도 그렇지 제 사부를 죽이는 패륜을 저질렀다.

심지어 암천회와 결탁하지 않았는가. 정파를 배신한 것이나 다름없으니 더 이상 간과할 수 없었다.

'무엇보다, 홍고의 악행에 대해 모든 걸 알고 있는 날 내버려 둘 리 없으니까.'

그래서 어제저녁 복귀한 소령을 통해 몰래 만남을 원한다고 서신을 보냈다.

만약 오지 않는다면 검신의 이름을 내세워 진실을 밝힐 것이라 협박했으니 거절하지 못할 것이리라.

쐐액!

팔짱을 낀 채로 잠시 상념에 잠겨 있을 때, 대기가 찢기는 소리가 나면서 이윽고 폭음으로 바뀌었다.

쿠웅!

아름드리나무 한가운데에 구멍이 났다. 족히 수십 년 정도는 될 법한 나무가 옆으로 기울여 쓰러졌다.

처참한 몰골로 옆으로 쓰러진 나무를 본 주서천의 표정은 북풍한설이 불 듯 몹시 차가웠다.

파바바밧!

정면과 측면에서부터 권격이 빗발치듯 쏟아진다. 공격 하나하나에 강기를 실어 대기가 다 떨렸다.

스릉!

허리춤에서부터 용연이 매끄럽게 빠져나왔다. 검신이 햇빛을 반사하기도 전에 신속하게 권격을 쳐 냈다.

쿠우웅!

권격에 실린 공력이 보통이 아니다. 웬만한 고수도 모골이 송연할 정도의 위력이었다.

검에 부딪칠 때마다 그 충격이 고스란히 전해졌으나, 주서천은 물러서기는커녕 흔들림 하나 없었다.

손목을 까딱이고, 팔을 성실하게 움직이는 것만으로 공격을 하나도 빠짐없이 막거나 튕겨 냈다.

"인사치곤 과하지 않나."

주서천의 매서운 눈매가 정면을 향했다.

"홍고."

현 소림 방장, 홍고가 반장한 채 모습을 나타냈다.

"살아 있었구려, 주 시주."

어떠한 감정도 느껴지지 않는 목소리. 부처의 자애 따윈 조금도 묻어 있지 않았다.

승려라기보다는 칼처럼 예리한 검수인 양 느껴졌다.

"천하의 소림 방장께서 기습을 가하다니, 너무한 거 아니오?"

주서천은 홍고에게 시선을 고정한 채로 농을 섞어 던졌다. 그러나 그 분위기는 결코 가볍지 않았다.

"야심한 시간이다 보니, 혹여나 음기에 이끌려 온 귀신이 아닌가 싶어 확인차 날린 것뿐이외다."

"귀신은 그렇다 쳐도, 사람이라면 어찌할 뻔했습니까?"

"사람이라면 주 시주일 것이 뻔하고, 이러한 공격은 가볍게 쳐 낼 것이니 상관없을 것이라 생각했습니다. 실제로 이렇게 멀쩡하시지 않았습니까?"

"허어, 과연 소림 방장. 그 혜안에 몹시 감탄하는 바입니다. 그래서 직접 제 사부를 죽인 거요?"

말을 끝낸 순간, 이 일대를 집어삼키는 진득한 살의가 느껴졌다. 얼마나 대단한지 주변의 화초가 머리를 숙이고 동물과 곤충 할 것 없이 달아나 도망쳤다.

격양된 감정 탓에 홍고의 얼굴은 물론이고, 목 밑까지 붉으락푸르락해졌다.

피부 위로 퍼런 핏줄이 툭 튀어나왔고, 손에 쥔 염주 알이 부들부들 떨렸다. 표정은 참혹히 일그러졌다.

"긴말하지 않겠다, 파계승. 네가 무슨 짓을 저질렀는지 알고 있느냐?"

주서천은 홍고의 살기에 전혀 아랑곳하지 않았다.

"사문을 위해서라는 명목으로 네놈은 터무니없는 짓을 했다. 전대 방장이며 스승을 죽였을 뿐만 아니라, 암천회와 결탁해 무림맹의 정보를 팔아넘겼다."

"……소림을 위한 일이었소."

"소림을 위해서였다고?"

주서천이 어이없다는 듯 헛웃음을 흘렸다.

"그대 역시 그 자리에 있었으니 잘 들었을 거 아니오."

홍고는 차가운 눈으로 주서천을 쏘아붙였다.

"철권마, 방불통. 그 마두를 놓아주었다면 소림은 연달은 실패에 비웃음당하고 무시를 받았을 것이 분명하오. 이를 시작으로 도태되고, 결국은 쇠락⋯⋯."

"그 더러운 입 다물어라, 홍고."

주서천의 차가운 목소리가 홍고의 말을 잘랐다.

"뭐라고? 도태되어 쇠락해? 소림을 위해서라고?"

어이없다는 듯이 흘러나오는 헛웃음.

"헛소리하지 마라."

주서천이 눈을 가늘게 떴다.

"그 어떠한 이유를 갖다 붙여도 네가 저지른 짓은 결코 용서받을 수 없는 악행이다."

"소승의 말이 틀렸다는 거요?"

홍고가 눈을 부릅뜨고 목소리를 높였다.

"미친 자가 아닌 이상 누가 그 말에 공감하겠나."

주서천은 냉소 짓곤 그다음 말을 이었다.

"확실히, 홍고 네놈이 말한 대로 철권마를 그대로 놓아주었으면 소림사는 우습게 보였을지 모른다. 무림이란 어떤 곳보다 은원을 중시하는 곳이며, 또한 그로 인해 돌아가는 곳이니까."

은혜와 원한.

현생은 물론이고 전생의 경험을 통해 그게 얼마나 중요한 것인지 뼈저리게 느꼈다.

사사로운 감정 하나로 전장의 판결이 뒤바뀐 적도 몇 있었다.

중요한 작전 도중 복수에 눈이 멀어 차질을 빚게 한 사람도 있었고, 반대로 과거의 행동 덕에 빚을 갚는다면서 생각지도 못한 도움을 준 이도 있었다.

정파와 사파. 그중에서도 정파 무림의 경우 이로 인해 평가가 좌지우지되니 중요할 수밖에 없었다.

홍고의 말이 구구한 변명으로 느껴질지는 몰라도 사실 자체가 틀리지는 않다.

"그러나 그게 패륜을 저지르고, 사문과 정파를 속이고 배신한 행위를 용서해 주는 것은 아니다."

"그뿐만이 아니오."

홍고는 조금도 물러나지 않고 반박했다.

"철권마가 반성하고 용서를 구한 것이 거짓이라면, 소승의 행동은 옳은 거요. 애초에 대마두의 말 따위를 믿는다니, 그게 어디 얼토당토않은 말입니까?"

철권마, 방불통.

종전한 후에도 그에 관한 진실은 밝혀지지 않았다.

사대호법 중 유일하게 생포한 서패호법을 고문해 보며
추궁해 봤으나 '모른다.'라는 대답밖에 없었다 한다.

사실 이 또한 흑영부 관할이다 보니 곧이곧대로 믿을 수
없었다. 당명인의 손이 닿았을 확률이 컸다.

"반대로……."

쐐애액!

홍고가 말을 잇지 못하고 반사적으로 주먹을 아래에서부
터 위로 올려 쳤다. 눈동자에 검신이 맺혔다.

째앵!

목을 노리고 파고든 검이 주먹에 맞고 위로 튕겨 나갔다.
검신이 달빛이 뒤섞인 서슬 어린 빛을 내뿜는다.

홍고가 눈동자를 바삐 굴렸다. 다음으로 들어올 공격을
막아 내기 위해서 시선을 검에 집중했다.

상식적으로 생각하면 올바른 대처다. 그러나 예상 자체
가 보기 좋게 빗나갔다.

"커허억!"

퍼어억!

주서천의 주먹이 홍고의 턱에 제대로 꽂혔다.

예상치 못한 공격이었다. 시선이 검에 집중된 사이 사각
을 노렸다. 그것도 검이 아닌 주먹을 택했다.

화산파의 제자라면 검수. 별호 또한 검신이 아닌가. 설마

하니 일권을 내지를 줄은 상상도 못 했다.

홍고의 몸이 공중으로 붕 떴다가 지면에 처박혔다.

"헛소리하지 말라 하지 않았나."

주서천이 싸늘한 눈길로 홍고를 내려다봤다.

"어쩌다 이렇게 미쳤나, 신권이여."

홍고는 한때 희망이고, 우상이었다.

화산파의 흔한 제자인 주서천에게도 마찬가지였다.

신권 덕에 훗날 소림사는 여러 인재들을 배출하여 보다 많은 사람들을 돕고, 구원하는 결과를 낸다.

또한 암천회주와의 결전에서도 목숨 걸고 치명상까지 입히는 쾌거까지 이루었다. 영웅 중의 영웅이었다.

그래서 전에 봤을 때 성정이 영 좋지 않아도 분명 나아질 것이라 믿고 존중해 줬다. 또한 걱정해 줬다.

또한, 괜한 간섭으로 신권의 운명이 뒤바뀔 것이 마음에 걸려 그냥 내버려 두기까지 했다.

"흐……."

홍고가 불길한 웃음을 흘리면서 몸을 일으켰다. 그 목소리가 몹시도 음산했다.

"그래서, 소승을 죽이기라도 할 생각입니까?"

"……."

"그대가 정말로 무림의 평화와 안녕을 걱정하고, 암천회를 무너뜨릴 생각이라면 소승을 죽여서는 아니 되오. 아니, 반목을 일삼는 것 또한 피해야 하지요."

무승의 안광이 음험하게 빛났다.

"현 무림은 앞으로의 싸움에 중소 문파의 힘 하나 아까워할 정도로 여력이 부족하오. 그런 와중에 소림 방장이 일년도 채 되지 않아 입적한다면, 소림은 물론이고 정파 무림은 전례 없는 혼란을 맞이할 거외다."

북두소림, 천년소림은 괜히 있는 게 아니다.

비록 신승이 입적하여 절대고수를 잃었다고 할지라도, 그 명성이나 저력은 여전하다.

정마대전에서의 활약만 봐도 알 수 있었다. 소림의 나한을 비롯한 무승은 정말로 강했다.

정파의 기둥이라거나 희망이라는 말은 헛말이 아니다. 소림이 무너지면 정파 무림의 불안도 급증할 터.

"걱정하지 마십시오."

홍고가 주서천에게 다가가 옆에 멈춰 섰다.

"필요로 인해 잠시 협력했을 뿐, 더 이상 그들과 손을 잡을 생각은 없습니다."

홍고는 진심이었다.

"암천회처럼 불온한 세력이 무림 정복을 하도록 내버려둘 생각은 없습니다. 의심이 간다면 감시를 붙이든 말든 마음대로 하십시오."

'얼마든지 죽일 수 있는데도 죽이지 않았다. 내가 방장인 이상, 주서천은 나를 죽일 수 없다.'

이는 확신이었다.

홍고는 정말로 더 이상 암천회와 손을 잡을 생각이 없었다. 그의 삶의 가치는 소림의 번영에 있었다.

반대로 암천회를 발판으로 삼아서 무림의 위기를 구원해 소림을 고금제일의 문파로 만들 생각이었다.

"살다 보면 어쩔 수 없는 경우란 게 있지 않습니까. 소승이 그랬던 것처럼, 주 시주께서도 그런 경우일 뿐입니다."

주서천은 영웅이다. 힘만 앞세우는 치기 어린 영웅이 아니라, 현실을 아는 진정한 영웅이었다.

그렇기에 무림을 위해서라도 방관자가 되어야 한다.

홍고는 손에 쥔 염주 알을 엄지로 굴리곤, 주서천의 옆을 지나쳤다.

그리고 다음 발을 내디딘 순간.

"커허억!"

홍고가 피를 울컥 토해 냈다. 그 얼굴은 걸레짝처럼 일그러졌고, 눈에는 불신과 경악이 맺혔다.

"이, 이게 뭔……!"

믿을 수 없는 눈으로 아래를 내려다봤다. 흉부를 꿰뚫고 나온 검이 보였다.

"왜, 소설처럼 무슨 대단한 종막이라도 맞이할 줄 알았나?"

"어, 어째서……?"

"근시일 내 무림맹에서 어떠한 공표가 있을 것이다."

주서천은 홍고의 답변을 듣지 않고 말을 이었다.

"신승의 제자, 현 소림 방장 백보권승의 암살 사실과 그 흉수, 암천회에 대해서다."

"……!"

"홍고, 네놈의 말에도 확실히 일리가 있다. 이 전란에서 소림 방장이 연달아 입적한다면 무림은 혼란에 맞이하겠지."

"그럼, 왜……!"

"소림을 믿으니까."

주서천이 고민하지 않고 답했다.

"소림사는 유구한 역사 속에서 정파의 태두로서 수많은 일을 해 왔다. 신승께서 그래 왔던 것처럼, 불법을 전파하고 자비를 베풀어 수많은 사람들을 구해 왔다."

소림사가 괜히 존경을 받는 것이 아니다. 그만한 이유가 있다.

주서천이 힘을 주며 검을 비틀었다.

"커헉!"

"신권, 아니 미친 중이여. 그대의 잘못은 소림을 믿지 못하고 저버린 것이다."

第二章
암천정체(暗天正體)

　홍고는 팔을 들었다. 굳은살 가득한 손으로 흉부에 꽂힌 검을 잡으려 했으나, 결국 잡지 못했다.

　목에서부턴 피가 들끓었고, 폐는 숨을 제대로 쉬지 못해 찢어질 듯이 아파 왔다.

　툭. 투둑.

　손목은 휘감은 염주가 끊어지면서 바닥으로 우수수 떨어졌다.

　"흥…… 를……."

　회광반조(回光返照). 숨이 끊어지기 전 그 눈은 어떠한 빛보다 더한 열망으로 빛났다.

숭산을 향하는 그 눈에는 죄책감이나 분노 등이 아닌 미련밖에 없었다.

홍고는 없는 힘까지 쥐어짜 내 주먹을 휘둘렀다.

"후우욱!"

푸화악!

최후의 저항은 아니었다. 홍고는 미치기라도 한 것인지 제 가슴에 꽂아 커다란 구멍을 냈다.

"흉수를…… 명확……히…… 하십시오……."

홍고가 힘없는 발걸음을 내디딘다. 검이 빠져나오면서 처참하게 찢겨진 내장이 후두둑 떨어졌다.

그 뒷모습에서부터는 어딘가 모를 광기가 느껴졌다.

"소승의…… 죽음을…… 이용해…… 소림을……."

다음 말은 이어지지 못했다. 아직까지 살아 있는 것 자체가 기적이었다.

홍고의 최후였다.

'미친놈.'

주서천은 혀를 내두르며 고개를 절레절레 흔들었다.

*　　　*　　　*

바야흐로 현 무림은 격동의 시대이다. 오늘날처럼 무림

사에 남을 만한 시대는 손에 꼽을 정도로 적다.

"백보권승이 죽었다!"

"아니, 소림에 무슨 악운이라도 낀 거요?"

"소림사라기보다는 정파가 아닌가?"

"정마대전이 끝난 지 얼마나 되었다고……."

"허어, 이 무슨 비극인고……."

정마대전의 활약으로 기뻐하기도 잠시, 소림사는 방장의 입적으로 또다시 시련을 겪게 된다.

"방장 사형!"

"나무아미타불……."

소림사는 물론이고 정파 무림이 비통에 잠겼다.

홍고는 미쳐 있었으나, 짧은 시간 동안 소림사를 위해서 다방면으로 노력하여 평이 나쁘지 않았다.

괜히 다음 대 방장으로 추대된 게 아니다. 내부에서야 두말할 것도 없었고, 외부도 그럭저럭 좋았다.

사실 무림 세력에 한해선 사문에 대한 자부심으로 인한 무례한 언사 탓에 평이 그다지 좋진 못했다.

그러나 그 외, 특히 백성들에겐 인기를 자랑했다.

홍고는 소싯적부터 마두나 도적의 토벌과 구휼을 중시했다. 그가 방장이 된 이후로는 더더욱 늘어났다.

소림을 향한 평이나 명예를 중시한 탓이었다. 그 덕에 백성들의 지지와 존경을 받을 수 있었다.

'미치지만 않았더라면…….'

그래서 일부러 진실을 숨겼다.

사문을 비롯한 백성들에게 지지와 존경을 받던 위인이다. 그것도 다른 누구도 아닌 소림사 방장이다.

홍고가 말했던 대로 진실이 밝혀진다면 그 후폭풍은 결코 버텨 낼 수 없을 것이다.

'정말로 어쩔 수 없는 일이야.'

그 광승(狂僧)이 영웅으로 남는 건 마음에 들지 않지만, 소림사와 무림을 위해서라도 숨겨야만 했다.

"그나저나, 백보권승이면 그래도 천하백대고수가 아닌가. 흉수가 대단한가 보지?"

"아직 정마대전의 뒷정리 도중이라고 했는데…… 마교인가?"

"아닐세. 내 듣자 하니 암천회라 들었네."

"암천회? 또 뭔 헛소문을 듣고 온 건가?"

얼마 지나지 않아 무림맹과 사도천에 서신이 도착한다. 각각 검신과 패신군의 이름으로 된 서신이었다.

'암천회의 공표를 준비할 것.'

무림맹과 사도천은 기다렸다는 듯이 움직였다.

일단은 물밑 작업을 위해서 소문을 퍼뜨리는 데 집중했

다. 갑작스레 공표하면 혼란만 부추길 뿐이다.

"무림의 불온한 세력에 대해서 알고 있나? 그들은 몇십 년 전부터 무림을 정복하기 위해 준비했다 하네."

"삼 년 전, 혈근경을 둔 전쟁이 있지 않았나. 그래, 그 칠검전쟁 말일세. 듣자 하니 내막이 있다더군."

"내막? 무슨 내막?"

"그, 있지 않은가. 암천회라고."

"암천회? 참 나, 자네 그따위 헛소문을 믿는가?"

"솔직히 나도 긴가민가했는데, 그에 대한 소문이 한두 가지가 아닐세. 듣자 하니 무림맹과 사도천 내부에서도 그들의 이름이 몇 번이나 거론됐다고 하네."

"그게 정말인가?"

"사돈의 팔촌에게 들은 것이니 분명하네. 어쨌거나, 칠검전쟁의 원인이 된 혈근경이 사실은……."

과거에 화두가 된 대형 사건이 다시 수면 위로 나왔다. 칠검전쟁부터 시작해서 사문반란, 그리고 정혈대전과 정마대전까지. 현 무림사에 남을 만한 굵직굵직한 사건 중에서 암천회의 이름이 거론됐다.

처음에는 아무도 믿지 않았다. 강호의 소문은 과장되거나, 신비성 없는 걸로 유명하다.

그러나 다른 곳도 아니고 출처가 무림맹과 사도천이라고

알려지자 그때부터 소문에 힘이 실렸다.

결국 얼마 지나지 않아 무림은 암천회에 대한 화제로 가득 찼다.

무림맹과 사도천, 그리고 흑도인 하오문까지 나서서 작정하고 퍼뜨린 소문이니 퍼지는 거야 당연했다.

암천회는 급속도로 퍼지는 소문을 어찌할 수 없는 건지는 몰라도, 딱히 어떠한 움직임도 보이지 않았다.

결국 일주일도 채 되지 않아 무림 전역에 암천회에 대한 이야기가 가득하자, 무림맹과 사도천은 거의 동시에 암천회의 존재를 인정하고 공표한다.

"허, 참! 정말일 줄이야!"

"어디 소문이 한둘이었나. 난 예전부터 예견했네."

"칠검전쟁, 사문반란, 정혈대전, 정마대전! 무림의 사대 세력이 전부 한 곳에 놀아났다는 게 정말인가?"

"아직도 믿겨지지 않아……."

무림은 경악을 금치 못했다. 사실로 인해 받은 충격은 실로 헤아릴 수 없을 정도였다.

어쨌거나, 이 충격적인 사실로 인해 무림은 격변을 겪는다.

*　　*　　*

시간이 장강의 거센 물살처럼 빠르게 흘러간다. 여름이 끝나 가고 가을이 왔다. 나뭇가지 위의 초록 잎이 알록달록한 단풍으로 물들어가는 계절이다.

안휘, 무림맹.

"오느라 고생 많았다."

남궁위무가 인자하게 웃으며 주서천을 반겼다.

"사문에 들렀다가 오느라 조금 늦었습니다."

주서천이 쓴웃음을 지으며 답했다.

"아니다. 죽은 줄만 알았던 제자가 살아 돌아왔으니, 당연히 얼굴을 비추고 와야 하지 않겠느냐."

종전 후 무림맹 본부에서 부름을 받았다.

주서천의 생존을 더불어 상천이 된 것을 축하한다는 자리 겸 앞으로의 일에 대한 회의를 위함이었다.

수면 위로 부상한 암천회. 그들에 대해서 누구보다 잘 알고 있으니 자문을 구하려면 의견이 필요했다.

주서천도 마침 할 말이 있어 승낙했으나, 그 전에 화산파로 되돌아가야 해서 그럴 수 없었다.

무림의 안위도 신경이 쓰이지만 그동안 괜한 걱정을 끼친 스승이 걱정이었다.

그래서 서신으로 양해를 구한 다음 화산에 들렀다가 오

느라 불가피하게도 시일이 걸렸다.

"무림맹을 대표하여 감사 인사를 전하고 싶구나."

남궁위무가 진지한 얼굴로 허리를 살짝 숙였다.

"아, 아닙니다."

다른 사람도 아닌 무림맹주, 그것도 상천칠좌의 절대고수다. 주서천도 적잖게 당황하며 손사래 쳤다.

"당연한 일을 했을 뿐입니다."

"누구나 할 수 있는 일은 아니지 않은가. 최초의 격돌에서 패퇴했다는 소식을 들었을 때는 목이 절로 움츠러들더군. 그 주서천이 살아 돌아왔다는 소식을 들었을 땐, 맹주라는 체면도 잊고 방방 뛰었네."

농이 아니라 진담이었다. 그만큼 상황은 심각했다.

최초의 격돌 때 패퇴한 것도 모자라 무림맹 주요 고수가 전멸하다시피 중상을 입었다.

특히나 상명진인의 사망 소식을 확인했을 때는 가슴이 철렁 내려앉았다.

당분간 식음을 전폐했을 정도로 상황은 심각했다.

"무림맹주로서, 그리고 정파의 한 사람으로 검신께 다시 한 번 감사를 드리네. 그대는 영웅일세."

남궁위무가 극진한 예우를 보였다.

"낯간지럽게 왜 그러십니까. 적당히 좀 해 주십시오."

주서천이 팔을 벅벅 긁으며 어색하게 웃었다.

"정파의 영웅, 그것도 검신께서 이리도 당황해하시다니 제법 희귀한 광경을 본 것 같습니다."

제갈상이 재미있다는 듯이 웃었다.

"두 분 다 한 사람 괴롭히니 재미있습니까?"

"결코 괴롭히는 것이 아닙니다. 저 역시 진심이니까요. 그 증거로……."

"아까 집무실로 안내하시는 동안 실컷 괴롭히지 않았습니까. 마음은 알았으니 좀 봐주십시오."

주서천이 질린 듯이 손사래를 쳤다.

"영웅께서 그러라면 그리해야지."

남궁위무가 머리를 들고 능구렁이같이 웃었다.

"그러면 본론으로 들어가, 보고를 드리겠습니다."

제갈상이 입가에 웃음을 지우고 간략히 설명했다.

"정마대전의 뒷정리는 딱히 문제없이 끝났고, 암천회의 공표 또한 수월했습니다. 솔직히, 훼방이 들어올 것이라 생각했는데 이상할 정도로 문제가 없더군요."

"무림맹과 사도천, 그리고 흑도의 하오문이 작정하고 존재를 끄집어냈으니까요. 천기라면 아마 제지가 무의미하다고 느끼고, 그 시간과 노력을 다른 곳에 투자했을 겁니다."

"말 나온 김에 묻는 것이지만, 도대체 무슨 수로 사도천주의 마음을 움직인 건가?"

서로 공표 시기가 맞물렸다. 물론, 그 전에 소문이 있었으니 겹치는 것 자체는 이상하지는 않다.

"이 늙은이의 눈에는 사도천도 우리처럼 암천회에 대해서 알고 있는 것처럼 보였을 뿐만 아니라, 마치 예전부터 준비한 것처럼 느껴졌네. 또한, 전에 보내 온 서신에 사도천이 협력할 것이라 말하지 않았나."

남궁위무만이 아니라 제갈상도 이 점을 궁금했다. 우연치곤 너무나도 공교로웠다.

"어…… 패신군과 좀 아는 사이입니다."

사실을 밝혔다간 귀찮아질 것 같아서 대충 말했다.

"패신군이라면, 그 패신군 말입니까?"

제갈상이 눈을 크게 떴다.

사파의 영웅, 그리고 음신에게서 상천의 자리를 빼앗은 패신군은 무림에서도 장막에 둘러싸인 인물이다. 친분이 있다고 하니 놀라지 않을 수 없었다.

"전에 내부와 외부로 협력자가 존재한다고 말했지요?"

"듣긴 들었네만, 설마 그 패신군이 있을 줄은 몰랐네. 놀랄 노자로군."

남궁위무가 감탄을 금치 못하며 중얼거렸다.

사실을 알게 되면 무슨 표정을 지을지 궁금했다.

"뭐, 그런 겁니다. 다음 보고를 부탁드리겠습니다."

남궁위무와 제갈상이 패신군과의 관계를 궁금해하는 눈치였으나, 주서천이 재촉하니 물을 수 없었다.

또한 본론 역시 중요하다 보니 나중을 기약해야 했다.

"독룡…… 당명인의 행방이 묘연합니다."

"언제부터입니까?"

"종전 이튿날…… 그러니까, 주 대협께서 생존한 소식이 전해진 날입니다."

예상한 대로였다. 반대로 아직까지 무림맹에 남아 있더라면 무슨 함정인가 하고 의심했을 것이다.

"당명인이 무림맹의 배신자, 천추입니다."

"후우……."

남궁위무가 깊은 한숨을 내쉬었다. 제갈상의 표정도 별로 좋지 못했다.

"예상한 대로군……."

그다지 놀랄 것도 없었다.

주서천의 최후를 목격하고 보고한 장본인이다. 그런 사람이 생존 소식을 듣자마자 사라졌다.

바보라도 무언가 이상하다는 건 안다.

"그래서 어찌 된 영문인지 조사했는데, 마치 없었던 것처럼 흔적 하나 없더군요."

"도대체 어떻게 된 건가? 그와 무슨 일이 있었지?"

남궁위무가 심각한 표정으로 물었다.

또 다른 목격자였던, 홍고 역시 입적했으니 이제는 장본인에게 들을 수밖에 없었다.

"그다지 대단한 일은 아닙니다. 독룡이 배신자였고, 당시 바보 같았던 제가 함정에 보기 좋게 걸려든 것이지요. 그보다, 말 나온 김에…… 저 역시 할 말이 있습니다."

남궁위무와 제갈상의 시선이 주서천에게 고정됐다.

"암천회가 어떠한 곳인지에 대해서…… 그리고, 칠성사의 요광과 천기, 암천회주에 관해서입니다."

머릿속으로 천마와의 대화가 떠올랐다.

"정말인가?"

남궁위무가 눈을 휘둥그레 뜨며 되물었다.

"드디어 알아내셨군요."

암천회.

수뇌는 물론이고 전체적인 구성조차 명확히 밝혀지지 않은 곳. 무림 정복이라는 목적 외에는 제대로 밝혀진 것 하나 없다. 무림맹 외에도 여러 무림 단체에서 조사해 봤지만 이렇다 할 정보는 없었다.

"예. 개양…… 천마에게 들은 정보이니 틀림없습니다."

천마는 힘에 굴복한다. 그래서 암천회주에게 머리를 숙

이고 개양이 됐고, 주서천에게 사실을 전달했다.

비록 그 심정은 사악하나 마교의 사상이자 신념을 끝까지 관철했다.

"그 천마조차 암천회의 수뇌에 불과하다니, 다시 생각해 봐도 믿기지 않는군."

남궁위무가 감탄사를 뒤섞어 말했다. 옆의 제갈상도 동의하듯 고개를 위아래로 주억거렸다.

놀라움도 놀라움이었지만, 한편으로는 사대세력 중 마교의 수장을 밑으로 둔 그의 저력이 두려웠다.

"전에도 말했다시피, 요광은 황궁에 있습니다. 또한, 암천회주 역시 마찬가지입니다."

"그다지 놀랄 것도 없군. 옥문관을 누군가의 개입 없이 열고, 혈교의 군세를 보냈으니 말이야. 그만한 일을 요광 혼자 할 수 있을 리 없을 노릇이니……."

"그리고…… 암천회 또한 마찬가지입니다. 그들의 뿌리는 황궁에 있습니다. 아니, 정확히 말해서는 홍무제(洪武帝) 시절의 관료들이지요."

"홍무제? 홍무제라면 명의 태조(太祖)가 아닌가."

"그리 오래되지도 않았군요."

제갈상이 예상외라는 듯이 놀란 표정을 했다.

홍무제가 숨을 거둔 지 약 이십여 년밖에 되지 않았다.

초대 황제의 재위 기간이 삼십 년이라는 걸 생각하면, 길어 봤자 오십 년밖에 되지 않는다는 뜻이었다. 놀라는 것도 이 상하지 않은 일이었다.

"오십 년이라면 짧은 시간은 아니네만, 그리 긴 시간도 아니로군."

남궁위무가 등을 기대며 수염을 매만졌다.

"무림맹과 사도천, 마교와 혈교…… 무림의 사대세력을 비롯하여 중원의 각 단체를 농락하고, 상계를 휘어잡았으며 오호도독부의 관료까지 움직일 정도의 힘을 쌓아 올린 이들치곤 짧다고 생각됩니다."

제갈상이 동의하듯 의견을 덧붙였다.

"맞습니다. 그들이 축적한 힘에 비해서 그 역사는 그리 길지 않은 편입니다."

혈근경이나 뇌제의 무공부터 시작해 각종 법보나 무공 비급, 그리고 도감부의 영약과 영물 관리까지.

하나부터 열까지 외부로 유출되면 피바람을 불게 할 보물들밖에 없었다. 무엇보다 손실된 절대자의 무공 비급이나 영약은 결코 쉽게 구할 수 있는 것이 아니다.

아무리 오십 년이 짧지는 않다고 하지만 솔직히, 이 모든 걸 쌓아 올릴 정도는 되지 않는다. 세간에선 암천회가 백 년 혹은 이백 년 동안 무림 정복을 위해서 준비했다거나,

혹은 인간이 아닌 괴물이나 신선이 개입한 것은 아닐까 하는 허무맹랑한 소문이 떠돌 정도였다.

주서천 역시 암천회가 창설한 시기를 전해 듣고 의구심을 품었으나, 내막을 알게 되면서 수긍했다.

"홍무제의 행적 중 건국 외의 유명한 것을 꼽으라 하면, 어떠한 것을 택하시겠습니까?"

"숙청입니다."

명 태조 홍무제와 숙청은 빼놓을 수 없는 관계다.

홍무제는 중앙 집권 독재 체제를 확립하고 절대 권력을 휘둘렀는데, 이를 훼손하지 않고 유지 및 강화를 위해서 숙청을 가했다. 이 과정의 규모가 상당했다.

그게 어느 정도였냐면, 건국되기 전 동고동락한 측근은 물론이요 심지어 개국공신까지 가리지 않았으며 권신들과 일가족을 포함해 무려 삼만 명에 이르렀다.

"삼만?"

남궁위무가 깜짝 놀랐다.

홍무제의 숙청에 대해서 조금은 알고 있었지만, 설마하니 이 정도 규모일 줄은 몰랐던 눈치였다.

무림과 관부는 상호 간에 관여하지 않는 주의다 보니 세세한 것까지는 알 수 없었다.

"홍무제는 신하를 불신했습니다. 개국공신이나 혁혁한

공을 세운 노장조차도 숙청에서 벗어나지 못했지요. 이에 관료들은 공포에 덜덜 떨어야 했습니다."

아무 이유도 없었던 건 아니었다. 숙청에도 나름대로 이유가 있었다.

우선, 홍무제는 왕족이 아닌 가난한 농민 출신이었다. 정말 찢어지게 가난해 온갖 고생을 다 했다.

그 당시 나라는 워낙 막장으로 치달아 있었는데, 그는 그 내막인 부정부패한 탐관오리를 혐오했다.

황제가 된 이후로 부정부패를 철저하게 감시하고 처벌에 임하는 데 적극적으로 힘썼고, 그 덕에 부정부패가 없다시피 사라지는 데 상당한 역할을 했다.

또한, 이처럼 출신이나 재산 등이 미천하다 보니 우습게 보일 여지가 많아 숙청을 통해 황제로서의 권위를 보여 줘야만 했다.

그리고 시대를 풍미한 왕조라 해도, 공신 탓에 제대로 된 힘 하나 쓰지 못하고 신하에 의해 좌지우지당하다 멸망하는 경우가 허다하니 이를 경계했다.

"명이 세워진 이후 크고 작은 수많은 숙청이 홍무제가 재위하는 동안 이루어졌습니다. 몇몇은 관직을 내려놓고 낙향이나 은거하려 했으나, 홍무제는 이조차도 허락하지 않았습니다."

홍무제는 백성과 신하는 오직 황제를 위해서 행동하여야 한다고 황명을 내렸는데 신하의 경우 나라, 곧 황제를 위한 일을 대충 하거나 관두면 장본인을 포함한 집안까지 쑥대밭으로 만들었다.

"허, 홍무제가 백성에겐 명군이요, 신하에겐 폭군이라 칭해지더니만……."

남궁위무가 신음을 흘렸다.

"아, 혹시……!"

제갈상이 무언가 눈치챈 듯 눈을 크게 떴다.

"암천회란, 당시 홍무제의 숙청을 두려워한 신하들의 모임이었습니까?"

"맞습니다."

암천회(暗天會)!

무림을 농락한 이 비밀스러운 단체의 뿌리는 사실 무림이 아니었다. 도리어 관여하지 않는 관부에 있었다.

암천이란 그 당시 신하들에게 펼쳐질 미래였다.

이들은 어떻게든 살아 보려고 손을 잡기 위해 모임을 갖는데, 그게 바로 지금의 암천회이다.

"홍무제는 몰래 첩보 조직을 키워 조금이라도 권세가 있거나, 혹은 야망이나 능력이 출중해 황권에 침범할 수 있는 신하를 일거수일투족 살펴보게 했으니……."

여러 의문들이 풀렸다. 흩어진 조각이 짝을 찾아 맞춰졌다.

"아!"

남궁위무도 눈치챈 듯 무릎을 탁 쳤다.

"관부의 영향이 닿지 않는 곳, 홍무제의 의심을 피할 수 있는 무림을 택한 거로군!"

홍무제 시절에도 무림은 논외에 속했다.

북방의 오랑캐를 비롯해 남만의 대월국 등 외세의 적이 워낙 많지 않은가. 괜한 충돌은 피하고 싶었다. 무림인보다는 원나라의 잔재나, 토착 세력이 더 신경 쓰였다.

내버려 두면 무림도 관여하지 않으려 하고, 무엇보다 성가신 도적의 토벌을 대신해 주니 나쁘지 않았다.

무엇보다 무림을 신경 쓸 시간에 언제 모반을 꾀할지 모르는 신하에 집중하는 것이 더 나았다.

"과연, 그랬나. 이제야 이해가 가는군."

남궁위무가 감탄사를 흘리며 눕혔던 몸을 세웠다.

"암천회에 동조한 이들이 얼마나 있는지는 모르나, 고위 관리가 여럿 있었다면 무림을 위협할 만한 세력을 순식간에 만드는 건 그다지 어렵지 않았을 겁니다. 돈도 돈이고 권력도 권력이지만, 황궁무고(皇宮武庫)가 있지 않습니까."

제갈상이 정리된 생각을 말로 옮겼다.

황궁무고.

무림을 포함한 천하의 법보를 비롯해 무공 비급이나 병기서, 그 외에도 각종 무기를 보관하는 장소다.

여기서 중요한 건, 이 황궁무고가 중원의 역사 그 자체라 할 정도로 유구한 역사를 자랑한다는 점이었다.

소문에 의하면 미신에 집착한 진시황이 온갖 기서나 법보, 무림의 것을 수집한 것이 시초였다 한다.

그 후로 왕조에서 왕조로 이어졌다 했으며, 지금에 와서는 애석하게도 닫힌 채 버려졌다시피 했다.

홍무제는 공을 세운 신하가 무고에서 무공 비급이나 명검을 요구해 권세를 키울 것 같아 경계했다.

그래서 차라리 문을 걸어 잠그고 폐쇄했다.

"한두 사람이라면 모를까, 관료 몇이 작정하고 하나씩 빼 온다면 어렵지 않았을 겁니다. 무엇보다 현 황제 폐하가 어릴 때부터 무인적 기질이 남달라 황궁무고에 관심을 보였으니, 문제없었을 거고요. 그 틈을 노렸을 겁니다."

신하, 특히나 무관이 황궁무고에 관심을 가지면 의심부터 하고 반대하지만 친족의 경우에는 달랐다.

그들이 힘을 키우면 곧 황권이 강화되지 않겠는가. 그래서 현 황제처럼 친족들은 허가했다.

"황궁무고 안에 있는 것을 몰래 빼 오다니, 제정신인가?

절도나 횡령의 수준이 아니라, 자칫 잘못하면 모반죄네."

"그런 건 사소한 문제입니다."

주서천이 고개를 절레절레 흔들었다.

"홍무제의 신하, 관료들의 경우는 능력과 존재만으로 의심을 받아 숙청의 대상이 됐습니다. 개국공신까지 쓸려 나가는 판국에 어느 누가 무사할 수 있다고 할 수 있었겠습니까. 살려면 뭐든지 해야 했을 겁니다."

이러한 생존 욕구는 결과적으로 암천회에 많은 기여를 하게 된다. 목숨 걸고 과감하게 행동한 덕에 축적되는 재물이나 힘 또한 그만큼 상당할 수 있었다.

"후우…… 머리가 지끈해지는구나."

남궁위무가 이맛살을 찌푸리며 관자놀이를 손가락으로 꾹꾹 눌렀다. 한 번에 너무나도 많은 걸 들었다.

무엇보다 관부가 개입한 건 무림사에서도 손에 꼽을 정도로 적다. 전례가 없으니 앞으로가 걱정이었다.

"잠깐……."

남궁위무가 손을 내려놓았다. 그 얼굴에는 아직 의문이 남아 있었다.

암천회의 탄생 배경이나 저력에 대한 건 어느 정도 해소됐다. 하지만 여기에서 새로운 의문을 낳았다.

"암천회가 홍무제의 숙청에서 살아남기 위해서 나온 것

이라면, 지금의 암천회는 무엇인가?"

결과적으로 암천회의 목적은 거의 성공한 게 맞다.

목적에 실패해 발각됐다면, 홍무제 성격상 그냥 넘어갈
리가 없었다. 잔존한 것만으로 성공을 의미한다.

암천회의 주체는 맹강처럼 신분을 숨기고 무림에 녹아들
어 은거했을 것이 분명했다.

"어찌하여, 황제의 숙청에서 살아남기 위한 곳이 무림
정복을 꾀하게 된 건지도 이해가 안 가는군."

남궁위무가 주서천에게 설명을 요구하듯이 쳐다봤다. 제
갈상은 생각에 잠긴 표정이었다.

"앞으로 할 이야기는 어디까지나 제 추측입니다."

천마는 목숨이 끊기기 전 핵심만 집어서 설명해 줬다. 전
부 듣기에는 시간이 충분하지 못했다.

"암천회가 여태껏 드러나지 않았던 걸 보면, 소기 목적
을 달성한 건 확실합니다. 입회한 관료나 신하들 대부분이
관부에 닿지 않는 곳으로 은거하는 데 성공했겠지요. 그러
나 전부는 아닐 겁니다."

"과연."

제갈상이 고개를 주억거리며 중얼거렸다.

남궁위무만 답답한 듯이 그다음 말을 닦달했다.

"암천회는 존재만으로도 역모에 해당합니다. 누군가는

남아서 그 비밀을 끝까지 숨겼어야 했죠."

암천회의 근간이 되는 홍무제의 신하들은 일찍이 사라졌다. 무림인지 아닌지도 모를 곳으로 은거했다.

숙청에서 벗어나려고 온갖 불경한 죄를 저질렀으니, 밝혀질 것을 두려워해 속세와 연을 끊었을 터다.

"이후 잔존한 것은 황궁무고와 홍무제 시절 신하들의 권세로 이루어진 무림의 비밀 무력 단체. 그리고 이를 마음대로 좌지우지할 수 있게 된, 남은 자입니다."

무림 역사상 전무후무했던 전란의 시대.

평화가 찾아온 뒤로도 암천회주에 대해선 알 수 없었다. 아니, 알려지지 않았다는 것이 맞았다.

아무리 무림이라 할지라도 암천회의 탄생 배경과 그 과정이 밝혀진다면 역모에 휘말릴 수 있으니까.

"그 남은 자란 것이……."

"암천회주겠지요."

"대체 그는 누구인가?"

"암천회주는……."

第三章
암천출두(暗天出頭)

한림원(翰林院).

당(唐)나라 현종(玄宗) 초기에 설치된 관청으로, 그 유서
는 깊다.

지금에 와서는 황제의 칙령을 다듬거나, 문서를 담당하
는 등 각종 학문에 관련된 일을 맡고 있다.

과거 시험의 합격자 중에서도 우수한 성적을 거두어야
들어갈 수 있으며, 무려 내각대학사까지 배출했다.

그야말로 나라에서도 손꼽히는 천재들만 모인 곳이라 할
수 있으나, 애석하게도 그 취급은 좋지 않았다.

"백절불요(百折不撓)하여 한림원에 들어오면 뭐하나. 뒷방 늙은이 신세에서 벗어나지 못하거늘."

"그러게 말일세."

한림원 역시 홍무제의 숙청에 벗어나지 못했다.

중원에서 공부로 내로라하는 인재들이 모인 곳이니 내버려 둘리 없었다. 먹물이 종종 핏물이 됐다.

야망에 뜻을 두지 않아도 능력이 우수하면 숙청당하니 한림원 입장에선 매우 억울했다.

그나마 대부분 직급이 낮아 타 기관에 비해선 피해가 작은 것을 위안으로 삼아야 했다.

하나 한림원의 상황은 홍무제가 숨을 거두고 난 뒤인 오늘날에도 전혀 나아지지 않았다.

"아아, 내전의 결과만 달랐어도……."

"쉿, 입 다물게. 자네 미쳤나?"

불과 이십여 년 전만 해도 이 나라는 내전으로 몸살을 앓았는데, 홍무제 사후 황위 계승이 연유였다.

홍무제는 장남이었던 의문태자(懿文太子)를 황태자로 책봉하나, 의문태자가 그만 먼저 죽고 말았다.

그 뒤 황태자의 후보로 현 황제가 대두됐으나, 당시 좌천선(左贊善) 한림학사(翰林學士)가 아들이 죽으면 손자가 이어야 한다며 반대해 손자인 건문제(建文帝)가 황태자로 책봉되어 곧 제위에 올랐다.

이때만 해도 한림원, 아니 학자들의 시대였다.

건문제가 어릴 적부터 학문을 좋아한 덕에 학자들이 곁에서 보좌하며 힘을 키울 수 있어서였다.

시간이 지나 황위에 등극하자, 어릴 적부터 곁에서 보조하던 학자들은 자연히 정부의 요직을 차지한다.

이후 막강한 군권을 가져 황권을 위협할 수 있는 숙부들, 번왕(藩王)의 세력을 약화하려는 정책을 펼친 건문제가 그렇지 않아도 조카에게 황위를 빼앗긴 숙부들과 격돌하면서 그 규모는 걷잡을 수 없도록 커져 대대적인 내전으로 번졌다.

그러나 결과가 그다지 좋지 못했다. 학사의 푸념에도 알 수 있다시피 건문제가 패배하고 행방불명됐다.

이로써 달콤하고 짧았던 학자의 시대는 막을 내린다. 측근들 대부분은 현 황제에게 숙청되어 사라졌다.

"자네는 어찌 생각하는가, 녹존(祿存)?"

"예?"

한쪽 구석에 앉아 서적을 정리하던 삼십 대 중반의 한림원 학자, 녹존이 머리를 들어 반응했다.

"예는 무슨 예인가. 넋두리를 듣지 않았나."

"이 후배야 나랏일에 뜻을 두고 장원 급제한 것이 아니라, 가난에서 벗어나 재산 좀 모으고 싶은 것인지라 무어라 말씀드리기가 힘듭니다."

녹존에게 야심이란 너무나도 먼 개념이었다.

누군가는 큰 뜻을 품고 과거를 봤을지 몰라도, 그는 전혀 아니었다.

괜한 정치에 휘말리고 싶지 않았고, 그냥 성실하게 일해 녹봉 좀 받아 가며 편히 살다 눈을 감고 싶었다.

관지도 한림원에서 제일로 낮은 직급인 종칠품 검토(檢 討)였다.

"그런가?"

종육품 수찬(修撰)인 선배 학자가 재미없다는 표정을 지었으나, 무어라 하지는 않았다.

눈에 띄지 않는 곳에 박혀 넋두리나 하는 자신들과 다를 것 없으니 말이다.

"그럼 저는 슬슬 일어나 보도록 하겠습니다. 그동안 신세 많이 졌습니다."

"신세? 아아, 그러고 보니 자네 근무일이 금일까지였나…… 그만 깜빡 잊고 있었군그래. 미안하네."

"괜찮습니다."

"여태껏 정말 수고 많았네. 그래, 낙향한다고?"

"그동안 모아 둔 걸로 느긋하게 지내 보려 합니다."

"사고만 당하지 않았더라면 좀 더 길게 있었을 텐데…… 참으로 안타깝군그래."

"어쩔 수 없지요. 그러면 정말로 이만 가 보도록 하겠습니다."

"나중에 연이 닿으면 또 만나세."

녹존은 몇 차례 대화를 나눈 뒤, 한림원을 떠났다.

관직에서 물러나는 게 예정되어 있던 만큼 그 과정은 깔끔했다. 인사도 사전에 끝내 문제없었다.

딱히 미련이 있는 것도 아니라서 뒤도 돌아보지 않고 한림원을 나와 저잣거리로 나왔다.

약 이각 정도를 걸어 골목에 들어서자마자, 낯짝이 험상궂은 왈패 무리가 길목을 앞뒤로 막았다.

"이보게, 외팔이 형씨. 가진 게 제법 많아 보이는군그래."

척 봐도 우두머리로 보이는 자가 앞으로 걸어 나와 비릿하게 웃었다. 눈동자에는 외팔이 학자를 비췄다.

"방 수찬이 보냈나?"

녹존이 눈썹 하나 까딱하지 않고 물었다.

방금 전까지만 해도 인사를 나눴던 한림원의 선배 학자가 방 수찬이었다.

"……!"

왈패 무리의 우두머리가 얼굴을 구겼다. 어떻게 알고 있냐는 듯이 묻는 것 같았다.

녹존은 귀찮다는 듯이 하나밖에 없는 손을 들었다.

푹! 푸욱! 푹푹!

"끅."

너무나도 갑작스러운 일이었다. 도망치지 못하도록 길목을 막고 있던 왈패 무리가 돌연 픽픽 쓰러졌다.

'자, 잘못 걸렸다!'

우두머리의 낯빛이 백지장처럼 창백해졌다. 그는 흑도에서 오랫동안 살아온 만큼 눈칫밥이 상당했다.

얼른 도망치려고 몸을 움직이려 했으나, 이미 언제 나타났는지 모를 흑의인에게 잡힌 이후였다.

"저, 전부 말하겠습니다!"

무언가가 심상치 않다는 걸 느낀 우두머리의 판단은 빨랐다.

"들을 것도 없지."

녹존이 흥, 하고 코웃음 쳤다.

"저녁 시간 때쯤, 관직에서 물러나 낙향을 위해 상당한 재산을 비축한 학자풍의 중년을 털라 했나?"

"……!"

"어차피 종칠품밖에 되지 않고, 그마저 관직에서 물러나 뒤탈이 없을 것이니, 안심하고 습격해서 재산을 약탈해 나누어 갖자고?"

마치 머릿속을 훤히 들여다보는 것 같았다.

하나부터 열까지 전부 맞는 말이라서 뭐라 답해야 할지
몰랐다. 어떻게든 살아남으려고 머리를 굴렸다.

"됐다."

"잠…….."

서걱!

우두머리가 다급하게 무어라 말하려 했지만, 이어지지
못했다. 그 머리가 바닥을 데굴데굴 굴렀다.

"녹 검토님."

"됐다."

"천기님."

"그래."

암천의 두뇌, 천기가 답했다.

"사주한 놈을 잡아 옵니까?"

"아무리 직급이 낮아도 현직에 앉아 있는 관인을 건드리
는 것은 성가시다. 내버려 둬라. 그것보다는 회주를 찾아뵙
는 것이 먼저다."

"존명."

명시한 장소에 도착하니 선객이 있었다.

"요광."

"천기인가."

부복한 채 대기 중이던 요광이 일어났다.

"한림원 학자 행세를 그만두었다고 하던데, 그럴 필요가 있었는지 궁금하군. 이것저것 편하지 않았나."

한림원은 임무가 임무인 만큼 황제나 중앙 정부뿐만 아니라 지방 세력의 움직임도 알 수 있다.

종칠품인 검토로서 열람 권한은 낮아도 듣는 것이 많아지니, 이를 필두로 암천회로 따로 조사하면 된다.

"신분이 노출됐으니 별수 없다."

천기가 이를 뿌드득 갈았다.

"노출되다니?"

"보나 마나 천마, 개양이 주서천에게 패배하고 핵심 정보를 불었을 게 분명하다. 이 이상 한림원에 남아 있는 건 의미가 없다."

양날의 검 수준이 아니다. 손잡이가 없는 검을 쥔 채로 휘두르는 것과 다를 것 없었다.

괜히 마교와 협력하기를 꺼려 한 게 아니다. 전장에서도 골칫덩이지만, 누군가와 대결해 패배하면 거리낌 없이 기밀에 준하는 정보를 말할 것 같아서였다.

"그런가."

놀랄 만도 하지만 요광의 반응은 무덤덤했다.

"그러면 감숙성 도지휘첨사(都指揮僉事) 노릇도 여기까지

군.”

“그동안 수고 많았다, 파군.”

감숙성 도지휘첨사, 파군.

육 척하고도 약 삼 촌가량의 장신에 이목구비가 뚜렷하고 턱 선이 굵직하면서도 날렵한 미남이었다.

곧 쉰 살이 되나, 겉모습은 아직 서른으로밖에 보이지 않았다. 정갈한 무복 차림을 했는데, 척 봐도 날렵하고 탄탄한 근육을 지닌 걸 알 수 있었다.

머리카락은 전장에서 잡혀 방해가 되지 않으려고 한 것인지, 짧은 편이었다. 수염도 없었다.

그가 바로 칠성사의 병(兵)의 요광이었다.

참고로 도지휘첨사란 정삼품에 이르며 각 성마다 네 명이 있었다. 이들은 각기 관리(管理), 전비(戰備), 훈련(訓練), 둔종(屯種)을 담당했는데, 요광은 훈련을 담당했다.

평상시에는 북방의 오랑캐를 상대하기 위해 관군의 훈련을 맡은 무관이었다. 그러나 그 실상은 중앙 정부의 눈을 피해서 관병을 지속적으로 빼내 칠성사병으로 만들어 내는 물밑 작업을 하고 있었다.

“음, 정보의 출처가 개양이라 한다면…….”

“이 몸 또한 알려졌겠지.”

천기와 요광이 거의 동시에 부복했다.

"고개를 들어라."

황제 못지않게 화려한 의자 위.

"재미있지 않느냐?"

암천회주가 천기와 요광을 내려다보며 물었다.

"무림맹주나 사도천주조차 회의 그림자조차 발견하지 못했거늘, 겨우 화산파의 사대제자 따위에게 회의 수뇌가 반절이나 당하다니 말이다."

결코 재미있지 않았다. 그 누구도 웃을 수 없었다.

천선을 시작으로 천권, 도감부장, 개양이 순차적으로 당했다. 칠성사와 도감부를 합해 네 명이었다.

"그뿐만이겠느냐. 정파는 물론이고 사파 또한 어떤가. 웬 은거고수가 나타나서는 깽판을 쳐 놓았지."

패륜아, 담리백의 반란.

그러나 그 반란은 보기 좋게 실패로 돌아갔다.

사도팔문이 반으로 토막 났으나, 그래도 계획된 것에 비해선 피해가 크지 않았다. 원래라면 사도천주와 그 외의 전력 역시 큰 피해를 입었어야만 했다.

"……."

암천회주의 입가에 희미하게 맺히던 웃음이 지워졌다. 예전이라면 여유를 잃지 않았어야 할 얼굴이 걸레짝처럼 참혹하게 일그러졌다. 표정에 묻어나는 감정은 분노와 치욕이었다.

수면 아래에서 몸을 숨기고 중원 무림을 지켜보던 암천회가 타인에 의해서 수면 바깥으로 튕겨졌다.

약간의 실마리조차 용서하지 않던 암천회주다. 그러나 천마를 굴복시키기 위해 직접 나서야만 했다.

천마가 뇌가 근육만 가득한 머저리였다면 또 모르겠지만, 그게 아닌지라 정체가 밝혀질 수밖에 없었다.

또한 마교라는 단체를 움직이고, 무림을 원활하게 정복하기 위해서는 몇몇 기밀을 알려 줘야만 했다.

입회가 늦어지고 신뢰하기도 애매했던 개양이 주요 정보를 알고 있던 연유였다.

그러나 결과가 이렇게 될 줄은 알았겠나.

"됐다."

구름이 걷히면서 달이 머리를 내밀었다. 달빛이 내리쬐면서 암천회주를 밝혔다.

암천의 지도자의 얼굴은 위엄 있었다. 굵직굵직하고 시원하게 뻗친 눈썹은 용미와 같았고, 세월의 풍파의 흔적이 남겨진 피부는 거칠지만 이렇다 할 잡티는 없었다. 두툼한 입술에선 고집이 느껴지고, 콧날은 베일 것처럼 매서웠다. 목선을 타고 어깨에 살짝 닿는 검은 머리카락은 뒤로 넘겼는데 널찍한 이마에서 사내다움이 느껴졌다.

"도찰원(都察院) 손영관(遜贏貫)으로서의 삶도 끝이다. 앞으로는 무림인으로서 나서 주겠다."

"……!"

"황궁무고에서 쓸 만한 것들을 가지고 나오겠으니, 전쟁의 준비를 하도록 하라."

"존명!"

*　　*　　*

"한림원 검토 녹존, 감숙성 도지휘첨사 파군, 도찰원 경력(經歷) 손영관……."

남궁위무가 신음 섞인 한숨을 토해 냈다.

"천기나 요광이야 그렇다 쳐도, 암천회주의 정체는 예상 외로군. 비록 직접 보진 못했으나 천마를 굴복시켰다고 해서 도독(都督) 정도 되는 대장군이나, 혹은 절대 권력의 황자라도 되는 줄 알았는데……."

도독이라면 오호도독부의 정일품에 해당하는 최고 군직의 대장군이다.

"도독이었다면 도리어 의심과 경계가 심해 운신에 훼방이 됐을 겁니다."

제갈상이 설명했다.

도독은 군대를 얼마든지 동원할 수 있는 지위다.

최고 군직인 만큼 경계를 받을 수밖에 없었다. 황권뿐만 아니라 관료 모두에게 견제받는 수준이었다.

애초에 황제의 숙청에서 벗어나고 숨기 위한 암천회가 도독 정도 되는 관료를 데려올 리는 없었다.

"황자도 그다지 좋지 않습니다. 현 황제는 조카의 피로 제위에 오르자마자 그 관계자를 숙청했지요. 자식들의 경우에는 암천회의 발회 시기를 생각해 보면 나이가 어린 편입니다. 또한 계승권 다툼으로 주목을 받을 터이니, 이 역시 맞지 않지요."

황제의 자식으로서의 삶은 생각보다 잔혹하다.

황위에 뜻이 없다 할지라도, 만약의 사태를 대비해 황태자가 즉위한 뒤 숙청을 행하는 건 흔했다.

"그에 비해 도찰원은 최적의 선택입니다. 손영관, 암천회주의 관직인 경력은 비록 종육품밖에 되지 않으나 감찰기관인 도찰원의 기록을 담당하는 관리이니까요."

도찰원은 감찰이나 혹 관리의 임무 수행 능력을 평가하다 보니 타 관청에 비해서 권한이 높은 편이었다.

설사 직급이 위여도 도찰원 소속이라는 걸 들으면 저자세로 나오거나 바짝 긴장하곤 했다.

"과연, 기록을 담당한 관리라면 감찰어사에게서 황제에

게 보고되거나 혹은 조사 중인 정보를 약점 삼아서 이것저
것 이용할 수 있었겠군."

남궁위무가 호오, 하고 감탄을 흘렸다.

"경력 위로도 정이품의 도어사(都御司), 정삼품의 부도어
사(副都御史), 정사품의 첨도어사(僉都御史)가 있으나 이들
은 도독만큼 궁의 내부에서도 권세가 강하고 정치판에 깊
게 끼어 있으니 방해였을 겁니다."

제갈상이 말을 끝내고 호흡을 가다듬었다.

"마음 같아선 당장이라도 급습하고 싶군."

남궁위무가 아쉬운 듯이 입맛을 다셨다.

"충분히 이해합니다만, 상황이 허락하지 않습니다. 천기
는 한림원을 나와 행방불명됐고, 도지휘첨사인 요광의 경우
얼마 전 도지휘사가 낙마로 사망하여 경계가 심합니다. 도찰
원은 말이야 할 것도 없는 데다…… 무엇보다 지금쯤 신
상이 알려졌을 것이라 예상하고 활동하고 있을 겁니다."

주서천이 머리를 좌우로 절레절레 흔들었다.

최대의 위험을 감수하고 천마를 개양으로 받아들인 암천
회주와 천기다. 이 사실을 모를 리 없었다.

"그렇다면 알고도 아무것도 못 하는 건가?"

"아닙니다. 그 반대입니다. 알고 있는 것만으로도 암천
회의 발을 묶게 됩니다."

"......?"

"그들은 지금 무림맹과 사도천, 그 외의 정보 조직에게 주목을 받는 중입니다. 함부로 움직였다간 위치나 행동, 혹은 약점이 발각됩니다."

천기는 수를 읽히는 걸 내버려 두는 바보가 아니다.

물론 고의로 보인 뒤 함정에 빠뜨릴 수도 있었지만, 보여 주는 수에 비해서 얻는 것이 적었다.

그러니 차라리 결전을 위해서 권세를 내려놓고, 여태껏 쌓아 온 것으로 철저하게 준비하는 것이 좋았다.

"관료가 대다수였던 예전이라면 모를까, 이제는 관부가 아닌 무림 세력이 된 암천회라면 괜히 섣부르게 움직였다가 황제의 시선까지 끌 수 있습니다. 만약 그들의 존재라거나 혹은 부정부패를 약점으로 삼아 취득한 것, 황궁무고에서 몰래 빼 온 것이 알려지기라도 한다면 파멸이니까요."

"그건 이쪽에서도 바라지 않는 일입니다."

제갈상이 상상하기도 싫다는 듯 진저리쳤다.

암천회는 무림의 일로 끝내야 한다. 그 존재가 황제의 귀로 흘러간다면, 설사 적대 세력이라 해도 그 정체를 고의로 숨긴 것이 아니냐며 역모에 휘말릴 수도 있었다.

"그러면, 앞으로 어떻게 해야겠나?"

남궁위무가 주서천에게 물었다.

"괜찮다면, 제가 유추해 봐도 되겠습니까?"

제갈상이 묻자 주서천이 고개를 주억거렸다.

"첫째, 암천회를 무림공적으로 삼아 사도천과의 동맹을 공표해 전쟁을 준비합니다."

제갈상이 오른 주먹을 들어 손가락을 하나씩 폈다.

"둘째, 관부의 움직임 또한 놓치지 않고 주시합니다."

"맞습니다. 그 천기라면 상대방이 과신하는 걸 이용해 허를 찌를 수 있기 때문이지요."

과신이 얼마나 위험한 것인지는 천추를 통해 뼈저리게 알았다. 가능성이란 건 전부 검토해야 했다.

"셋째, 천추 독룡, 당명인의 제거겠지요?"

"예. 그리고 당명인이 알 만한 기밀을 전부 폐기하고 재편해야 합니다."

"……후우."

제갈상이 깊은 한숨을 내쉬었다. 곱상한 얼굴에 암운이 끼었다.

여태껏 모아 온 정보의 가치가 곤두박질친 것도 가슴이 아프지만, 재편을 생각하니 머리가 아파 왔다.

당명인이나 흑영부가 모를 만한 정보 역시 숨기려면 기존의 암호를 폐기하고 새로 만들어야만 했다.

그것도 기존의 정보를 빼앗기지 않으려면 신속하게 재편

해야만 하는데, 이게 결코 쉬운 일이 아니다.

수만에 이를 서류를 분류하고 폐기하고 재작성하는 건 물론이고 암호부터 새로이 만들어야 한다니.

"고생길이 훤하군."

남궁위무가 씁쓸하게 웃었다. 무림맹주의 표정도 그리 좋지만은 않았다.

암호의 수정안이나 혹은 그 외에 폐기 등도 결정하려면 무림맹주의 승인이 필요했기 때문이었다.

"그러고 보니, 서천이 네가 어릴 적부터 머리가 비상하였다고 들었는데…….."

"아닙니다. 전혀 그렇지 않습니다."

남궁위무가 손을 빌리려 하자 주서천이 정색했다.

'내가 미쳤어? 그걸 하게.'

대충 봐도 업무량이 나온다. 화산오장로 시절 행정 업무도 도맡은 적이 있어 미래를 짐작할 수 있었다.

주서천은 남궁위무와 제갈상을 진심으로 불쌍하게 여겼다. 동정심이 강이 범람하듯 넘쳐 났다.

"마음 같아선 돕고 싶으나, 할 일이 있어서요."

"정말인가? 거짓을 고하는 건 아니겠지?"

남궁위무가 눈을 부릅뜨며 노려봤다.

"어느 안전이라고 거짓을 고하겠습니까."

주서천이 어깨를 으쓱이면서 웃었다.

"할 일이라면?"

"당명인의 무형지독에 대처해야 합니다."

"으음."

주서천이 진지한 표정으로 답하자 남궁위무도 얼굴을 딱딱하게 굳히며 신음을 흘렸다.

"상천칠좌, 현경의 고수를 중독시킨 극독인가."

"아무리 허를 찔렀다곤 하지만, 그걸 감안해도 보통이 아닙니다."

진심이었다. 당명인의 무형지독은 위험하다.

다른 사람도 아니고 상천칠좌, 절대고수라 일컬어지는 현경이 중독됐다. 그것도 천독지체이며 녹안만독공이라는 신공에 준하는 독공까지 연공했다. 그런데도 중독됐다.

배신자라는 걸 예상하지 못하고 방심해서 당한 것도 있지만, 그 독의 위력만큼은 진짜배기였다.

아직도 그때를 떠올리면 간담이 서늘하다.

'도대체 어떤 독을 쓴 것인지는 몰라도……'

중독됐다는 걸 의식했을 때, 회귀로 돌아갈까 했지만 생각지도 못한 배신에 충격이 커 머리가 잘 돌아가지 않았다. 또한 독이 뇌의 골수까지 치달아 생각이 굳어 버렸고, 무의식적으로 해독하는 데 집중했다.

심지어 마지막에는 심장이 당해 버렸다. 심장이 조각나자, 아무것도 하지 못하고 의식을 잃어버렸다.

게다가 하필이면 회귀의 약점을 당했었다.

'심상구현은 내공에 무관계하게 심력만 있다면 사용할 수 있지만, 목이 잘리거나, 뇌를 송두리째 잃거나, 심장이 사라지는 등의 즉사성이 짙은 공격에는 발동하지 못한다.'

심상(心想) 자체가 이루어지지 않으면 구현의 성립이 불가한 원리였다.

'그러나 그 조각이 조금이라도 남아 있다면, 구현은 가능하다. 구희의 신단 덕에 살았다.'

구희의 신단을 복용하고 얻은 재생 능력.

그 덕분인지 심장이 조각났지만, 어떻게든 혈관과 붙어서 재생하여 목숨을 부지할 수 있었다.

소령에게 업혀서 절벽 밑으로 떨어질 때, 끊어지는 의식 속에서 회귀를 발현해 기적적으로 살아남았다.

어쨌거나, 이젠 방심하지 않고 경계한다 할지라도 그 이름 모를 무형지독의 대비가 필요했다.

"당명인은 천추이니 단연 암천회의 지원을 받았겠지만, 그 기초가 되는 건 사천당가입니다."

녹안만독공을 수련했지만, 독에 관련된 지식은 당가를 이겨 낼 수 없다. 자문을 받아 볼 생각이었다.

"잘됐군요. 마침, 당가의 조사도 필요한 참이었습니다."

당가의 소가주가 암천회의 수뇌였다. 조사 대상이 되는 건 당연하다.

"또한 독룡의 행방이 묘연하여 당가의 독왕이 설명을 요구하고 있으니, 겸사겸사 설명을 대신 부탁드려도 되겠습니까?"

"끙, 알겠습니다."

"사전에 서신을 보내 대략적인 설명을 해 둘 예정이니, 너무 걱정은 하지 마십시오."

머릿속으로 당혜의 얼굴이 스쳐 지나갔다. 사실을 듣게 되면 무슨 반응을 보일지 조금 걱정됐다.

* * *

사천.

쨍그랑!

"이, 이 천인공노할……."

당가의 가주, 독왕 당유기가 분노에 몸을 떨었다.

손에 쥐고 있던 찻잔은 산산조각 났다. 깨진 조각과 찻물이 손에서 피와 뒤섞여 뚝뚝 떨어졌다.

"명인이가 암천회, 그것도 수뇌라고?"

당명인이 어디 그냥 평범한 아들인가. 오룡삼봉이면서 흑영부 소속에, 가문을 이끌어 나갈 소가주였다.

한데 얼마 전부터 행방이 묘연하다는 소문이 돌더니만, 결국 행방불명됐다. 이를 이상하게 여겨서 무림맹에게 문의했더니 무림맹을 배신하고 주서천을 함정에 빠뜨려 죽일 뻔했다는 서신이 돌아왔다.

"이 개 같은!"

당유기가 분노의 일갈을 터뜨렸다. 무의식적으로 내공을 끌어 올렸기 때문일까, 독기가 새어 나왔다.

미세하게 흘러나온 독기는 햇볕을 잘 쬐도록 창 앞에 둔 화초를 집어삼켜 뿌리까지 썩게 만들었다.

"웃기지 말란 말이다!"

아들이 저지른 죄를 부정하는 것이었을까?

"어떻게 이어 온 가문이거늘, 그걸 망쳐? 이 배신자 노옴!"

아니었다. 아버지로서 아들을 조금도 믿고 있지 않았다. 도리어 그 배신행위에 누구보다 진노하고 있었다.

"당가의 소가주로서 권리는 실컷 누리더니, 이제 와서 의무는 내팽개쳐? 부끄러운 줄 알아라! 여태껏 희생해 온 당가의 노력을 하루아침에 짓밟다니!"

"힉!"

바깥에서 가신들의 비명 소리가 들려왔다.

당가가 독왕의 분노에 몸서리쳤다.

"여봐라!"

"예, 예! 가주!"

"검신이 근시일 내로 당가에 방문한다고 하니, 맞이할 준비를 해라."

"맡겨만 주십시오!"

"그리고 미혼에 얼굴이 반반한 여아를 준비하도록 해라."

"예……?"

"검신, 주서천이 아무리 무공광이라 하지만 사내인 이상 미인계 앞에선 맥을 못 추릴 것이 분명하다."

'주서천을 사위로 받아들여야 한다.'

전에 방문했을 당시에는 천독지체가 탐이 났지만, 나이와 사문이 걸려서 아쉬워하면서 포기했다. 그러나 지금은 아니다. 무슨 수를 써서라도 데릴사위로 삼아야만 했다.

'다른 사람도 아니고 소가주가 배신했으니 무림맹의 의심을 피할 수 없다. 이 위기를 벗어나려면 정파의 영웅, 검신을 사위로 받아야 한다.'

불행 중 다행으로 당가는 발이 좁은 주서천과 나름대로의 연이 있었다. 특히 같은 오룡삼봉인 독봉, 당혜와 연인 사이라는 소문도 있으니 그야말로 호기다.

"당혜, 그 아이부터 불러와라."

第四章
당가기밀(家唐機密)

주서천은 소령을 대동하고 사천의 당가로 향했다.

무림맹에서 임무 수행을 돕기 위해서 무사를 붙여 준다고 했지만, 도리어 방해가 될 것 같아 거절했다.

"또 소령, 너랑 여행할 생각을 하니 벌써부터 답답하구나. 벙어리가 된 기분이야."

"……."

"낙 사매가 보고 싶다……."

종전 후 화산까지 동행했지만, 무림맹까지 함께하지는 못했다.

'매화검수는 함부로 움직이지 못하니까.'

현재 검장인 위지결이 중상이니 더더욱 그럴 수밖에 없었다. 행동에 제약이 생겼다.

그래서 아쉬워하면서도 나중을 기약하고 잠시 헤어질 수밖에 없었다. 그 대신 화산에서 시간을 보냈다.

"최근 사형을 보면 위기감이 느껴져요."

"위기감? 무슨 위기감?"

"예전에는 얼굴도 그냥저냥이고 친구도 별로 없는 내향성 외톨이셔서 여자가 꼬일 걱정을 하지 않아도 괜찮았는데, 지금은 아니잖아요."

"은근슬쩍 심한 말 하고 있지 않아?"

오룡삼봉 중 일룡에 정파의 영웅, 그리고 상천칠좌인 검신이다.

남자에겐 선망이자 동경의 대상이요, 여자에겐 전무후무한 신랑감이었다.

설사 못생겼다 할지라도 여인들이 줄을 설 정도로 능력이 좋았다.

"사형도 무공이나 검이 연인이라고 생각하는 건 아니겠죠?"

낙소월이 볼에 바람을 넣어 부풀렸던 게 떠올랐다.

참고로 그때 너무 귀여워서 쓰러질 뻔했다.

"그런 건 아니지만, 아직 이르다고 생각해."

"무림의 혼령이 높은 편이긴 하지만…… 그건 무공의 수련 때문이지 않나요?"

무림인 대다수는 명가에 태어나 정략혼을 했거나, 혹은 낭인이나 삼류가 아닌 이상 혼기가 늦은 편이었다.

특히 대문파의 경우 사랑보다는 무공 수련과 높은 경지의 성취를 우선으로 하는 경우가 많았다.

연정에 빠지면 사랑하는 사람을 위해 노력하는 경우도 있었지만, 반대로 해이해져 방해가 된다는 의견도 존재하다 보니 멀리하는 이도 있었다.

그러나 주서천은 이미 극의에 해당하는 화경도 모자라 시대를 풍미할 현경의 성취까지 이루지 않았나.

"아직 구해야 할 사람들이 많으니까."

스스로 말하고도 낯간지러웠지만 그래도 멋졌다.

대신 지금 생각하니 자다가 벌떡 일어나 이불을 찰 정도로 부끄러운 대사였다.

"사형……."

낙소월도 조금 답이 없는지 얼굴을 살짝 붉혔다.

'그리고, 소중한 사람이 노려지게 할 수는 없다.'

사랑은 곧 약점이 된다. 전생에서도 연인이 노려져 어이없이 목숨을 잃은 영웅이 한두 명이 아니었다.

천기라면 그 약점을 이용하고도 남는다.

'친분 교류는 최소화해야 한다.'

친한 사람이 많을수록 약점이 늘어진다.

주서천이 사람을 사귀지 않은 건 원래 외톨이 기질이 있던 것도 있었으나, 암천회에게 노려질 것을 우려해서다. 암천회에 끝까지 정체를 숨기려던 것에는 다 그만한 이유가 있었다.

제갈승계나 이의채도 실제로 알게 모르게 노려졌지만, 검마나 금의상단, 유령의 호위 덕에 살아남았다.

암천회 외에도 각종 적대 세력에게 위협받은 적이 한두 번이 아니었다.

그 외에도 당혜나 제갈수란은 개개인의 무력도 있으나 오대세가나 무림맹에서 붙여 준 비밀 호위가 존재했다. 더불어 각 지방에서 몰래 뒤따르는 유령도 곁을 지키기도 했다.

'친구가 별로 없는 건, 어쩔 수 없어서다! 그럼!'

영웅은 고독한 법이라며 위로했지만, 전생에서도 친구가 없었던 사실을 깨닫지 못한 주서천이었다.

*　　　*　　　*

사천, 당가.

"어서 오시오, 검신."

주서천은 환대를 받으며 당가에 입성했다.

과거 원수 취급을 받았을 때와는 대하는 태도가 달랐다.

설마하니 가주인 독왕이 직접 마중을 나왔을 줄은 몰랐다.

"오랜만에 뵙습니다. 독왕의 환대에 감사드립니다."

주서천도 포권으로 예의 바르게 인사했다.

"검신이다……."

"정파의 영웅이 아닌가."

"히야, 무공이 얼마나 대단하면 평범한 사람처럼 보이는 거지?"

"무슨 일로 온 거지?"

"아가씨를 뵈러 온 게 아닌가?"

"설마하니 검신을 보게 될 줄이야……."

한때 봉추라는 조롱 섞인 별호로 불리던 그였으나, 그 흔적은 이제 눈 씻고 찾아볼 수 없었다.

당가의 주점을 통해서 원한을 해소했을뿐더러 천독불침이라는 걸 증명해 일등 신랑감 후보가 됐다.

사실 이러한 것들은 사소한 것에 불과했다.

주서천이 누구인가. 정파 무림을 구한 영웅이며 오룡삼봉 중 검룡, 그리고 상천칠좌인 검신이었다.

당대 최고의 인기를 자랑하며 무인이라면 열에 다섯 이상은 입에 담는 존경하는 위인이었다.

주서천의 방문 소식은 당가뿐만이 아니라 사천을 떠들썩하게 만들었다. 검신의 얼굴을 한 번만이라도 보려고 몰려든 사람들로 인산인해를 이루었다.

"약간의 선물을 들고 당가를 방문하게 됐어요."

"방문 목적이요? 음…… 그냥 주서천 대협을 뵈러 온 걸로 해 주세요."

"무공도 고강하시고 대문파의 제자에…… 그리고 소문에 의하면 그 금의상단의 투자자라서 돈도 많다며?"

"주색을 밝히기는커녕, 멀리한다고 하더라."

"멋있어……."

사랑에 빠진 소녀들은 주서천 이야기를 할 때마다 꺄르르 웃거나 혹은 몽롱한 눈빛으로 넋을 잃었다.

"주서천이 사천에 가 있다며?"

"뭣이? 당장 짐 싸고 그리로 가세나!"

"주 대협께서는 중원 제일의 신랑감이 아니겠는가! 끌끌끌!"

주서천이 가는 곳에는 언제나 여인, 특히나 미녀들이 따라왔다.

천운이 닿아 눈이 맞는다면 가문의 영광이요, 약간의 인연만 만들어 두어도 대박이지 않겠는가.

또한, 사내란 미녀를 좋아하는 법. 이 기현상에 방방곡곡의 노총각 및 남정네 무리가 따라다니게 됐다.

게다가 이렇게 유동 인구가 증가하다 보니 장사를 위해 상인이 늘어났고, 자연스레 상권이 형성됐다.

혼자서 지역 경제에 영향까지 끼치는 주서천이었다.

당가의 가주에게 대접받는 차는 일품이었다.

독이나 약을 다루다 보면 식물 전체에 일가견이 생긴다고 하던데, 그 말대로였다.

'음, 일을 마치면 챙겨 달라고 해야겠군.'

"오랜만에 뵙소, 검신."

당유기가 예의를 갖춰 인사했다.

"오랜만에 뵙습니다만…… 부디 가주님께서는 말을 편히 해 주시지 않겠습니까. 오대세가의 가주이시고 강호의 대선배이신 독왕이신데, 후배가 많이 부담스럽습니다."

말투도 전과는 달랐는데, 그럴 수밖에 없었다.

아무리 당가의 가주이며 강호에서 배분이 높다고 하지만, 눈앞에 앉은 자는 무림의 정점이 아닌가.

"그럴 수는 없소. 후배, 아니 검신께선 상천칠좌이자 정파의 영웅이지 않소. 설사 아들이나 손자뻘이라 할지라도,

검신에게 그만한 예우를 갖추지 않는다면 당가는 강호의 손가락질을 받을 거외다."

"어쩔 수 없군요."

차에 대한 칭찬 등의 인사를 섞어 몇 마디를 나누다가 곧바로 본론으로 들어가 방문 목적을 설명했다.

제갈상이 사전에 말한 대로 이야기를 대강 해 둔 덕분에 당유기의 놀라움이나 분노는 덜했다.

"협력하겠소."

당유기는 기다렸다는 듯이 답했다. 약간의 주저함도 없는 답변이었다.

"정말로 괜찮겠습니까?"

주서천이 다시 한 번 물었다.

당명인은 소가주다. 그것도 어린 시절부터 세가에서 기대와 지원을 받으며 자라 온 장남이 아니던가.

"의중을 살피려고 괜한 말할 필요 없소, 검신."

당가의 가주의 목소리는 얼음장처럼 차가웠다.

"무림맹에서 보내온 서신에 의하면, 검신께서는 본 가와 흑영부의 관계를 알고 있다고 들었소만, 맞소?"

"예."

"그렇다면 이야기는 빠르겠구려."

당유기의 주름살 가득한 눈꺼풀 아래의 눈동자에 진득한

살의가 비쳤다.

"본 가는 어느 순간부터 힘이 부족하여 오대세가에서 빠질 정도로 도태되기 시작했소. 어떻게든 쇠락을 피하려고 온갖 발버둥을 쳤지만, 제일 중요한 절대고수의 배출은커녕 이렇다 할 실적을 내지 못했지. 그래서 택한 것이 무림맹의 그림자, 흑영부요."

당가는 무공이 무공이다 보니 전부터 흑영부에 일시적으로 소속되거나, 혹은 도움을 주고는 했다.

그러나 본격적은 아니었다. 당가 역시 정파의 오대세가인 만큼, 치부인 흑영부의 일을 하고 싶지는 않았다. 역대 무림맹주나 흑영부장, 혹은 군사가 사정사정하여 그에 걸맞은 대가를 받아 수행하는 정도였다.

흑영부 소속으로 배속되는 경우도 방계거나 세가 내에서 밉보인 인물, 그도 아니면 범죄자밖에 없었다.

"당연한 이야기지만 이 사실은 본 가 내에서도 극소수에게만 전해져 내려져 왔소. 만약 이 소문이 알려지게 된다면, 무림에서 어떤 취급을 받을지 뻔하니까."

흑영부는 무림맹의 그림자요, 정파의 어둠이며 필요악이었다. 그렇기에 결코 인정받지 못했다.

정도를 중시하는 이들이 흑영부의 존재를 인정할 리 없었다.

극소수에 해당하는 무림맹 상층부 중 반이 언짢아할 정도이니, 밝혀지면 어떤 취급을 받을지는 뻔했다.

과거에야 세가 내에서 죄를 저지른 자만 따로 골라 형벌을 대신하여 흑영부에 보내 감금시키듯 임무를 수행하게 하면 그만이었지만, 본격적으로 개입하기 위해서는 그것만으로는 부족했다.

"치부를 발설하지 않으려면 누구보다 신뢰가 있어야 했고, 무림맹과 연계하여 흑영부를 관리 감독할 실력자여야 했소. 이 모든 것에 적합한 인물이란……."

"당가의 적통 중에서도 영재인, 소가주로군요."

"바로 그렇지."

아무에게나 함부로 맡길 수 없다면, 단연 적통 중에서도 빼어난 이를 택할 수밖에 없었다.

소가주는 무에 대한 재능과 오성이 특출 나야 선별되고, 각종 영약과 교육을 지원받으며 특별한 사고가 없는 이상 가주가 될 테니 책임도 능력도 적합했다.

"자고로 힘과 권력이란 그에 따른 책임과 의무가 수반하는 법이 아니겠소."

"……가주께서도 흑영부였습니까?"

"당연한 소리를."

당유기의 눈은 지쳐 보였다. 어딘가 모르게 공허한 느낌도 묻어났다.

"충년(沖年: 열 살 안팎의 나이)이 되면 치부에 대해 교육을 받는다오. 소가주로 결정된 해부터는 흑영부에 정기적으로 방문하여 앞으로 할 일을 보게 되고, 성년에 강호에 출두하여 약관까지 활동하다가 이후 무림맹에 들어가 흑영부원으로 살아가게 되지."

주서천은 할 말을 잃은 얼굴로 침음을 흘렸다.

목 위로 치밀어 오르는 욕을 집어삼키면서 대신 질문을 던졌다.

"독봉…… 따님께서도 흑영부인 겁니까?"

머릿속으로 당혜의 얼굴이 떠올랐다.

"여아는 해당되지 않으니 걱정할 것 없소."

당유기는 주서천이 당혜의 이름을 꺼내며 걱정하는 표정을 짓자 속으로 흐뭇하게 웃었다.

'아이를 잘못 낳기라도 하면 큰일이니, 무리를 시킬 수는 없다. 특히나 천재일수록 말이지.'

당혜는 당명인만큼은 아니지만 재능 면으론 뛰어나다. 독고에 대한 공부나 열정도 대단한 편이었다.

그녀의 아들이라면 분명 최소한의 기대를 할 것이다.

"음이 있으면 양이 있고, 그림자가 있으면 빛이 있어야 하지 않겠소. 그 아이는 세가를 위한 대외적인 활동을 맡아

주고 있소. 훌륭한 아이요."

빈말이 아니었다. 세가의 누군가는 양지에서 활약을 해야 했다. 현재에는 그게 당혜다.

그리고 실제로 그렇게 활약해 당가의 이름을 높였고, 눈앞의 최고의 신랑감을 데려오게 됐다.

"하지만, 그에 비해 당명인 그 배신자는 이전 세대부터 이어져 온 고통 섞인 희생을 모욕하고, 권리만 취한 채 책임과 의무를 저버렸을 뿐만 아니라 정파를 배반하였소. 또한 검신을 암습하였다고 들었소. 이에 대단히 사죄를 드리니, 부디 용서를 바라오. 책임지고 그놈을 죽이는 데 협력하도록 하겠소."

당유기가 머리를 숙이며 진심을 담아 사죄했다.

주서천은 눈을 지그시 감으며, 생각했다.

'당가는…… 미쳤다.'

미쳤다는 표현 외에 대신할 말이 없을 정도였다.

당유기가 딸인 당혜를 내놓은 자식처럼 내버려 두었던 이유를 알 수 있었다. 그에게 딸이란 정을 나눌 핏줄이 아니라, 도구에 불과했던 것뿐이었다.

'당명인이 엇나가기 시작한 건, 아마……'

머릿속으로 당명인의 퀭한 눈매와 영혼을 잃은 표정이 떠올랐다. 그 지친 눈빛이 이제야 이해가 갔다.

"미쳤다고 생각하오?"

당유기가 주서천의 심중을 꿰뚫었다.

"미쳐 버린 사회 속에선 미치는 게 정상이오."

당유기는 자조 섞인 표정으로 중얼거렸다.

"나이를 먹으니 주책이 많아지는군. 말이 잠시 새서 미안하오."

"……아닙니다."

"일단 먼 곳에서 오시느라 고생하셨을 터이니, 이야기는 내일 계속하겠소. 푹 쉬시길 바라오."

＊　　　＊　　　＊

밤하늘을 올려다보며 걸었다. 심부름 겸 호위를 붙여 준다고 했지만 불편할 것 같아서 거절했다.

그러자 당유기는 차라리 주변이 신경 쓰이지 않도록 해 준다면서, 장원의 일부분을 내주었다.

일반 방문을 막아 준 건 고마웠지만, 유동 인구까지 통제해서 배려치곤 부담스럽게 느껴졌다.

대낮에는 소문을 듣고 온 방문객으로 시끌벅적했는데, 지금은 풀벌레 소리만 간간이 들려왔다.

"아."

달을 비추는 연못 앞의 정자(亭子) 앞, 낯익은 얼굴의 여인이 홀로 앉아 술잔을 기울이는 게 보였다.

'구렁이 같은 노인네.'

발걸음을 돌려 산책의 행선지를 바꿨다.

"당혜."

당혜는 대답 대신 턱짓으로 옆을 가리켰다.

주서천은 아무 말 하지 않고 그 옆자리에 앉았다.

무어라 말을 꺼내기도 전에 당혜가 술을 따랐다.

"언제부터 알고 있었어?"

"누구?"

"정말로 모르는 건 아니겠지? 진심으로 묻는 거라면 당신 창자를 끊어뜨릴 거야."

"신승께서 돌아가신 날."

"예상은?"

"생각지도 못했다."

주서천이 쓴웃음을 지으면서 심장이 위치한 가슴 위에 손을 올려 두었다.

"……아직, 안 좋아?"

당혜가 길게 침묵했다가 물었다. 머리를 숙이고 있어서 표정은 잘 보이지 않았다.

다만, 그 목소리에는 걱정이 묻어났다.

"다 나았으니 걱정하지 마라."

"그동안 안 본 사이에 꽤나 건방져지셨네요, 검신. 헛된 상상을 하고 있다면 운기조식이라도 하면서 마음을 가라앉히는 게 어떨까요? 아, 아니면 그것조차 불가능할 정도로 이미 뇌가 맛이 간 것인지요."

"하하."

"웃지 마. 정드니까."

술잔이 두툼하고 반짝이는 입술로 옮겨졌다.

꿀꺽꿀꺽.

쪼르륵.

당혜는 잔이 비워지면 술잔을 채웠다.

주서천은 아무 말 하지 않고 달만 올려다봤다.

이럴 때는 무슨 말을 해야 할까. 머리를 굴려 봐도 마땅한 답이 나오지 않는다.

위로를 해 볼까 싶었지만, 괜한 참견이면 어쩌나 싶어서 그냥 내버려 두었다. 여인을 대하는 건 어렵다.

전생에서 경험하고 배운 것이라곤 싸우는 법, 살아남는 법밖에 없었다.

"……어렸을 적 무렵."

먼저 침묵을 깬 건 당혜였다.

"그는…… 오라버니는 자랑이고 우상이었어."

그녀는 빈 잔에 술을 채우며 이야기를 시작했다.

당명인.

가주인 아버지, 독왕의 아들로 태어나 어릴 적부터 남다른 재능을 보이며 기대를 한 몸에 받았다.

무공이면 무공, 학문이면 학문까지.

나이에 맞지 않은 오성 또한 갖춰져 있어 어릴 적부터 찬사와 각광을 받아 오면서 기대주로 자라 왔다.

격차가 너무 크고 비현실적이라서, 비교당해도 당가의 피에 새겨진 자존심조차 문제가 안 됐다. 도리어 당명인의 명예에 흠집이 가지 않도록, 언젠가 도움이 되고 싶어 열심히 해야겠다고 생각했다.

"저, 오라버니를 목표로 열심히 할게요."

남매로서 사이도 좋았다.

당명인은 밝고 열정적인 성격의 아이였고, 어른스러웠다. 여동생을 배려해 주고 아껴 주었다.

행복한 나날이었다. 어떠한 문제도 없었다.

그러나 당명인이 열 살이 되던 해부터 이상해졌다.

말수는 줄었고, 웃는 모습은 사라졌다. 언제나 환하게 빛나던 눈도 어두워졌다. 표정은 지독히 차가웠다.

아직 어렸던 여동생은 오라버니의 갑작스러운 변화에 당황하고 적응하지 못했다.

당황은 어려움과 두려움으로 바뀌었고, 결국 며칠 동안 뭐라 말도 못 붙인 채 그냥 시간을 보냈다.

그러던 어느 날 당명인이 모습을 감췄다.

"오라버니는 어디에 있나요?"

"네 오라비는 소가주지 않느냐. 세가를 이끌어 갈 사람으로서 책무를 수행하고, 교육을 받느라 무척 바쁘단다. 그러니 너도 오라버니를 본받도록 해라."

그 말을 듣고서야 당명인의 표정이 이해가 갔다.

공부가 너무 많아서 힘든 모양이구나.

당혜의 걱정이나 생각은 깊지 않았다. 그녀도 총명했지만, 진실을 알기에는 너무 어린 나이었다.

'다음에 보면 힘내라고 전해 줘야지.'

하나, 그 마음은 전해지지 못했다.

약 삼 년 만에 대면하게 된 오라버니의 얼굴은 결코 어린아이의 것이 아니었다.

눈빛은 꺼멓게 죽었고, 입은 꾹 닫았다. 말을 걸어도 시선도 돌리지 않은 채 무시했다.

"아직도 그 얼굴이 생생해. 마치, 지옥에서 살아 돌아온 사람 같아서 대단히 무섭고, 소름 끼쳤어."

"……."

"그 후로도 대면하지 않고 지내다가, 나 역시 일 년 뒤에

당가의 치부에 대해 교육을 받게 되고서야 모든 걸 이해할
수 있었지."

"……지독한 이야기다."

"그래."

열 살이다. 고작 열 살이다. 그 어린 나이에 너무나도 지
독한 현실을 전해 들었다.

아버지이자 냉혹한 가주, 당유기의 태도도 변했다.

"네 오라비처럼 책임과 의무를 질 때가 됐다. 너는 오늘
부터 독공이나 학문에 보다 성실하게 임해야 하며, 당가의
핏줄에 걸맞은 남편감을 데려오기 위해 매력 또한 가꿔야
할 것이다."

당혜의 삶도 열 살 때부터 혹독해지기 시작했다.

혹여나 자칫 잘못해서 당가의 치부를 발설할지 몰라 감
시를 받아야 했고, 교육도 심히 엄했다.

불행 중 다행으로 당혜 역시 당명인만큼은 아니지만 재
능이 있어 혹독한 교육에도 따라갈 수 있었다.

그리고 열여섯 살이 되던 해.

"괜찮은 사윗감 후보에게서 혼례가 들어왔다. 서른다섯
살이라 조금 흠이긴 하지만, 그래도 생식 능력에는 딱히 문
제도 없고, 아이를 낳기에는 문제없을 거다."

당유기는 차가운 눈으로 딸을 내려다봤다.

"하나 아이를 갖기에는 너의 자질이 너무나도 아깝구나. 이대로 독공에 매진하여 나이 스물에 오룡삼봉 중 일봉이 된다면, 혼례는 취소하마."

"그리하도록 하겠습니다."

당혜는 운명을 증오하고 저주했다.

이대로 아이를 낳는 도구 취급을 받으며, 패배자로서 살아가는 건 그녀의 자존심이 용납하지 않았다.

'아버님이나 오라버니처럼은 되지 않아.'

이를 아득바득 갈면서 노력했다. 잠도 줄여 가며 공부하고 독공에 매진하여 오룡삼봉에 올랐다.

비록 그 탓에 주변과의 교류를 포기하고 담을 쌓듯이 살아왔으나, 외로움은 상관없었다.

다행히도 당유기는 약속을 번복하지 않았다. 혼례를 취소하고 운신에도 제한을 걸지 않았다.

그러나 아직 안심할 수는 없었다. 만족할 수 없었다.

오룡삼봉이란 정파의 후기지수여야 한다. 서른이 된 순간 그 자격이 박탈당한다는 의미였다.

그날이 오면 혼기와 임신 적령기를 연유로 아이를 낳는 도구로 전락해 살아야 한다. 그럴 수는 없었다.

"이 저주받은 운명에서 벗어나기 위해 발버둥 치면서, 오라버니를 패배자로 여겨 왔는데……."

당혜의 입가에 쓴웃음이 번졌다.

"사실은, 그 반대였던 거야."

그녀의 고운 손가락 사이로 술이 떨어졌다. 동시에 술잔도 아래로 빙글빙글 돌아 지면에 부딪쳤다.

쨍그랑!

고요한 밤이라서 그런지 유난히 크게 들렸다.

"정말로, 우스워. 웃겨서 참을 수 없어. 괜찮아, 나 따위는 신경 쓰지 않고 비웃어도 좋아."

평소의 독기는 없었다. 툭 건드리면 마치 바스러질 것처럼 느껴졌다.

"누가 누구보고 멋대로 패배자라 부르고 잘난 듯이 지껄였는지…… 세상 물정을 몰라도 너무 모르잖아."

누구보다 앞서 나가고, 운명에 저항하고 있던 건 다름 아닌 당명인이었다.

당가만이 아니라 정파, 나아가 무림 전체를 오시하며 농락한 세력의 수뇌로서 활동하고 있었다.

평생을 해 왔던 것이 무의미해졌다.

"……."

주서천은 아무 말도 하지 않았다.

조소도 분노도 위로도 아닌, 침묵을 택했다.

한참이 지났을까. 당혜가 손을 무릎 위에 올리고 점잖게

앉는다. 달빛을 비추는 눈과 입술은 촉촉했다.

당혜가 허리를 숙이면서 입을 힘겹게 열었다.

"검신께서는 그동안의 무례를 용서해 주시기 바라옵니다. 소녀, 사실은 검신을 처음 뵈었을 때부터 연정을 품고 있었사옵니다. 비록 부족한 몸이오나 소녀를 받아 주신다면 앞으로 성심성의껏……."

"안 돼."

주서천이 손바닥을 보이며 거절했다.

"……마음에 안 드는 점이 있다면, 고쳐 보도록 하겠사옵……."

"응, 안 돼."

주서천이 정색했다.

"이…… 유를…… 여쭤 봐도……."

"취향이 아니니까."

"……뭐?"

주서천이 자리에서 일어났다. 흙 위에 아무렇게나 널린 조각들을 발로 차서 멀리 날려 버렸다.

조각이 날아간 수풀 속에서 악, 하는 비명이 들렸다.

"당혜."

주서천은 당혜를 똑바로 쳐다봤다.

"뭘 하고 싶어?"

"당신……."

"뭘 하고 싶냐고."

"……."

당혜는 입을 열어 무어라 말하려다가 다물었다.

그리고 고민하기를 한참. 그녀의 입이 다시 열린다.

"오라버니에게…… 지고 싶지 않아."

그는 동경하는 사람이었다.

그는 자랑이었다.

그는 우상이었다.

그는 영웅이었다.

그렇기에 그 등만 보고 싶지 않았다.

함께 걷고 싶었다. 언젠간 넘고 싶었다.

그야, 분한걸.

이렇게 노력해 왔잖아.

"알아."

"허세 부리지 말래?"

"전에 봤으니까, 알아."

당혜가 무림맹 독원 앞에서 문을 살피던 모습은 증오 따
위가 아니었다. 업신여기던 것도 아니었다.

혹시나 남매간에 사이가 안 좋나 싶다고 생각했지만, 전
에 당명인을 봤을 때 착각이란 걸 깨달았다.

그 시선은 동경이었다. 누군가의 등을 좇는 눈이었다.

"당연한 이야기지만, 이 불쾌하고, 저주스러운 신세에서도 벗어나고 싶어. 휘둘리는 삶은 질색이야."

가슴속에서부터 무언가 끓어올랐다.

여태껏 참아 왔던 속내가 폭발했다.

평소에는 몇 번이나 생각하고 정리되었을 말이, 신기하게도 입으로 바로 거쳐서 나왔다.

"그래."

"아이를 낳는 도구 취급이라니, 이보다 질 나쁜 농담도 없어. 툭 까놓고 말해서 기분 나빠. 아버님, 독왕 그 사람은 부정이란 걸 모르는 광인이야?"

당혜가 주먹을 꽉 쥐었다. 눈썹은 사납게 치켜 올라갔다.

"그럴지도."

"나 역시 어릴 적부터 당가의 권리를 누려 왔으니, 책임과 의무를 저버리지는 않을 거야. 하지만, 그 방식을 자유의사를 빼앗긴 희생으로 강요받을 생각은 조금도 없어. 그딴 건 착취에 불과해. 그러니까, 여태껏 해 왔던 것처럼 정정당당하게 마주쳐서 바꿀 거야."

"응."

당혜는 연달아 쏘아 낸 말을 멈추고, 숨을 크게 들이쉬었다가 내뱉었다.

"그러니까⋯⋯."

조심스레 뻗는 손. 가늘고 긴 손가락 끝이 주서천의 소매를 놓칠 듯 말 듯 잡았다.

"그, 나 혼자서는⋯⋯ 힘들어서 그런데⋯⋯ 도와주지, 않을래?"

"도와줘?"

"⋯⋯그래."

"진작 그렇게 말할 것이지."

주서천이 웃었다.

第五章
생이불유(生而不有)

"좋은 아침이오, 검신."

당유기가 기분 좋아 보이는 웃음을 보였다.

"간밤은 평안하셨소?"

"산책 중에 수풀 속에서 덩치가 산만 한 쥐새끼를 봤습니다. 그걸 제외하곤 문제없었습니다."

"허어, 그렇소? 이상하군. 분명 청소할 때는 없었는데…… 아무래도 어디에선가 흘러들어 온 모양이오."

당유기가 눈썹 하나 까딱하지 않고 답변했다.

주서천은 속으로 혀를 내두르며 감탄했다.

'과연, 당가의 가주인가.'

전 세대의 흑영부원인 동시에 오대세가의 가주다.

무공도 무공이지만 말솜씨나 연기도 일품이었다.

"음, 오늘 아침에 괜찮은 찻잎이 들어와서 그런데 차라도 한 잔 마시면서 이야기하시겠습니까?"

"괜찮습니다. 본론으로 들어가도록 하지요."

"방금 전에 막 들어온 것이라서……."

"마음만 받도록 하겠습니다."

주서천이 눈썹을 슬쩍 구부렸다.

차를 핑계로 당혜를 부를 속셈이 뻔히 보였다.

당유기는 아쉬운 듯 입맛을 다시며 끄덕였다.

"무형지독에 대해서 알고 있소?"

"어떠한 빛깔도 띠지 않으며, 향이나 맛은 물론이고 형태조차 불특정한 극독이라 알고 있습니다."

"그렇소. 그야말로 전설로나 전해지는 독이요."

판별이 불가능한 극독이라니, 그야말로 지고의 병기였다. 해독약도 존재하지 않는다는 소문도 있다.

"정말로 존재하는 겁니까?"

당유기는 무형지독에 대해서 듣고도 놀라거나 못 믿는 눈치가 아니었다. 짚이는 바가 있다는 뜻이었다.

"물론."

당유기가 검지와 중지를 폈다.

"무형지독이라 불리는 것은 두 가지가 있소."

"두 가지?"

"그 첫째는 심독(心毒)이오. 검술의 극의인 심검을 생각하면 이해가 쉬울 거요."

"아!"

심검은 검술의 극의에 이르는 경지를 뜻한다.

검선, 우일문의 심상구현이었던 이기어검보다 위인 단계로 의지만으로 검을 자유자재로 다루게 된다.

무인의 극의가 화경이며 그다음이 현경이라면 심검이란 곧 사람이란 종을 넘어 신의 경지다.

고금을 통틀어도 심검의 성취를 이룬 무인은 극소수에 한할뿐더러 사실 여부조차 확실치 않다.

"사실 없는 것이나 마찬가지니 신경 쓰지 마시오."

애초에 심독이라는 경지가 의문이며, 설사 존재하더라도 그걸 어떻게 대처할 수 있는 게 아니다.

"나머지는 무엇입니까?"

"유형이나 무형처럼 보이는 경우요."

"자세한 설명을 부탁드리겠습니다."

"인면지주(人面蜘蛛)에 대해서 알고 있소?"

"영물 중에서 사람의 얼굴 모양을 한 거미에 대해서 묻는 거면 알다마다요. 모를 리가 있겠습니까."

"그 인면지주의 거미줄이 무형지독의 재료요."

"인면지주⋯⋯."

만년화리나 칠각사보다 더하면 더했지, 결코 덜하지 않은 영물인 동시에 독물이었다.

"인면지주는 무색, 무취, 무미의 거미줄을 내뿜는데, 이 줄을 각종 극독과 배합하여 용독술로 풀어내면 무형지독이 완성되오. 검신께선 아마 그것에 당했을 거요."

"처음 듣는군요."

"당가의 적통에게 전해져 내려오는 비법이니 당연하오. 도리어 알고 있었다면 검신을 의심했을 거요."

맞는 말이었다.

'이런 게 있었나?'

전란의 시대에서도 경험해 보지 못한 독이었다.

"다루기가 여간 까다로운 게 아니요. 조금이라도 실수하면 본인은 물론이고 주변 사람의 목숨까지 보장하지 못하고, 해독이 존재하지 않아 동귀어진을 기본으로 생각해야 할 정도요. 너무 위험하여 금기로 정해졌소."

역대 가주 중에서도 다룰 수 있는 사람이 몇 없을 정도로 고난이도였고, 배합조차 위험천만했다.

"무엇보다, 주재료인 인면지주의 거미줄은 천만금을 주어도 구할 수 있을지 의문일 정도로 귀하오."

영물이란 건 사람만큼 똑똑하다. 인면지주는 그중에서도 손에 꼽힐 정도로 오성이 뛰어났다.

눈치가 빠르다 보니 몸을 숨기거나 피하는 데도 능숙했고, 무엇보다 그 전에 보통 강한 것이 아니었다.

거미줄만 어떻게든 구하려 해도, 천잠사처럼 튼튼한 데다가 접착성 또한 상식을 넘어선 수준이라서 회수하려다가 함정에 걸려 잡아먹히는 일이 빈번했다.

"그러니 검신께서는 걱정할 필요 없소."

주서천은 무슨 소리냐는 듯이 당유기를 쳐다봤다.

"검신께서 중독된 무형지독은 당명인, 그 배신자가 본가에서 훔친 것이오."

지고의 병기이자 최강의 독인 만큼, 최후의 보루로 삼아 제조해 둔 것이 하나 있었다. 그러나 정작 그 실물을 보니 쓸 만한 것이 아니란 것을 깨닫고, 봉인한 채 내버려 두었다.

"방법을 알아도 재료를 구할 수 없으니 만들 수 없을 것이외다."

'아니. 구할 수 있다.'

주서천의 얼굴이 딱딱하게 굳었다.

'도감부.'

그 수장인 도감부장은 없으나, 그 기관이 사라진 건 아니다. 암천회의 저력으로 존재하고 있다.

'인면지주가 있던가?'

전생의 기억을 뒤져 봤지만 딱히 생각나지 않았다.

주서천이라고 모든 걸 아는 건 아니었다.

'……아니, 있었다 할지라도 남겼을 리 없다.'

정파 최악의 치부, 천추에 대한 정보다.

그 전에 당가의 비법 제조다. 공개되는 게 이상하다.

'인면지주는 암천회의 관리하에 있다.'

만년화리나 칠각사가 존재한 것처럼 인면지주라고 없으라는 법 없다. 존재 확률이 구 할 이상이었다.

"신중함도 중요하나, 뭐든지 과하면 좋지 않은 법이오."

'성가시군.'

적당히 구슬려서 당가의 식구로 삼으려고 했는데, 생각보다 어렵다. 빈틈 하나 보이지 않았다.

다른 누구도 아닌 오대세가의 수장이 이렇게까지 칭찬하면 잘난 맛에 헤벌쭉 넘어가기 마련이다.

무엇보다 사천제일미녀인 당혜의 미색까지 동원했을 뿐만 아니라 최고의 대접까지 해 주지 않았나.

조금은 마음이 풀어질 줄 알았는데, 틈을 조금도 보여 주지 않았다. 경계심이 철벽과 같았다.

'멍청한 것. 눈앞에서 옷이라도 벗으라고 했거늘.'

마음 같아선 춘약을 내주고 싶었지만, 그 대상이 절대고수인 상천칠좌이니 감히 시도할 수 없었다.

끓어오르려던 노기를 가까스로 참아 내고, 주서천에게 말을 걸었다.

"정 불안하시다면 인면지주의 서식지로 추정된 곳을 알려 줄 수는 있소."

"알고 계십니까?"

"워낙 오래되어 확실치는 않소."

무형지독을 제조하려면 인면지주의 거미줄은 필수였다. 소재의 파악은 급선무다.

다만, 무형지독이 봉인되면서 자연스레 소재 파악도 중지됐다. 그 세월이 제법 오래됐다.

"협력을 요청드립니다."

'헛고생을 사서 하는구나. 뭐, 상관없다. 좋은 기회다.'

당유기의 눈이 기분 나쁜 빛으로 번들거렸다.

"그 대신, 조건이 있소."

"무림의 안녕과 평화를 위해서 협력하시는 게 아니었습니까?"

"아무리 그래도 그렇지, 당가의 비법에 해당하는 사항을 덜컥 내줄 수는 없지 않소."

당유기가 주서천의 공격을 능숙하게 받아쳤다.

"조건이라 해도 대단한 건 아니오. 여정에 저희 아이들을 동행시켜 달라고 요청하려 했던 것뿐이오. 혜를 포함해 여아들뿐이라 소란스러울지도 모르지만 말이오."

'정말로 뻔뻔하군.'

의도가 너무 훤히 보여 민망할 정도였다.

"독왕."

주서천의 눈이 가늘어졌다.

"아이는 부모의 도구가 아니오."

자식이 커서 어버이의 은혜에 보답한다며 반포지효(反哺之孝)라는 말이 있으나, 효(孝)에 적정선이 있다.

"부자자효(父慈子孝)라는 말을 알고 있습니까?"

부모는 자녀에게 자애로워야 하고, 자녀는 부모에게 효행을 다해야 한다는 말이다.

"남의 집 사정에 이래라 저래라 할 생각은 없습니다만, 적정선을 지키십시오."

독왕, 당유기의 입가에 맺힌 미소가 사라졌다.

"생지축지(生之畜之) 생이불유(生而不有). 낳고 기르되 소유하려 하지 않는다. 이 말을 명심하십시오."

주서천이 경고하듯 위압 어린 목소리로 말했다.

"당가가 권세를 위해서 정파의 치부, 흑영부를 도맡게 된 것에 대해선 뭐라 할 생각이 없습니다. 또한, 흑영부를 지지하는 건 아니나, 여태껏 해 오던 일을 부정할 생각도 없습니다."

주서천은 혈기와 열정만으로 희망에 차 있지는 않다. 그러기에는 나이가 너무 많았다.

어쩔 수 없는 경우, 잘못됐으나 용인해야 하는 현실을 무작정 부정할 정도로의 머저리도 아니었다.

"그들의 활약이 있어 정파는 수많은 인명 피해와 위기를 겪지 않고 무사히 넘어갈 수 있었습니다. 그 사실을 없던 걸로 할 생각은 없으며, 감사한 마음도 가지고 있습니다."

비록 전생에서는 정보 열람 권한이 낮아 그 활약을 듣지 못했지만, 분명 알게 모르게 도움을 받았을 터.

대외적으로 보답 받을 수는 없지만 필요악으로서의 희생으로 나름의 고마운 마음은 존재한다.

"희생이란 타인이나 어떠한 목적을 위해 자기 자신을 불태우는 고결한 행위입니다. 그러나 그게 누군가의 강요로 인한 것이라면, 착취일 뿐이라는 걸 명심하십시오."

"역시 영웅이시구려. 감복하였소. 동의하는 바요."

당유기의 표정은 말과 다르게 몹시 차가웠다.

"그대의 딸이 한 말입니다."

"……."

"권세의 유지를 위해 흑영부를 택한 건 어디까지나 선택

중 하나일 뿐, 그게 전부가 아니란 걸 생각해 주십시오. 이만 가 보도록 하겠습니다."

주서천은 자리에서 일어나 등을 돌렸다.

"당 소저와는 인면지주 탐색에 동행할 생각이니 괜한 걱정은 하실 필요 없습니다. 그러나 그 외의 전력이 되지 못하는 이들을 데려갈 생각은 없으니 참고하십시오."

주서천은 당유기의 답변도 듣지 않고 떠났다.

약 일각 정도가 흐르자, 메마른 사막처럼 쩍쩍 갈라진 입술 사이에서 안도의 한숨이 흘러나왔다.

"상천은 상천인가."

독왕이라면 천하백대고수 중에서도 실력자다. 그런데도 주서천이 쏘아 내는 위압감에 꼼작도 못 했다.

온몸이 식은땀으로 끈적끈적했다. 등골은 오싹해서 북해의 땅에 와 있는 것은 아닌지 착각이 들었다.

"흑영부가, 전부는 아니다……."

당유기의 얼굴도 평소의 지치고 공허한 것으로 돌아왔다.

"애석하게도 그 외의 것은 불가능하네, 검신."

당가의 가주는 쇠약한 목소리로 중얼거렸다.

"흑영부를 후대가 잇지 못하면 쌓아 올린 것을 잃고, 아무것도 아니게 되는데 어찌하란 말인가……."

*　　*　　*

　인면지주의 탐색행이 결정됐다.

　사안이 사안인 만큼 당가 내에서도 임무는 기밀로 붙여졌고, 합류하는 인원도 소수의 고수로 정해졌다.

　당혜를 비롯하여 절정 및 초절정 경지가 열 명이었다.

　한편, 주서천은 그사이 무림맹 본부와 화산파, 금의상단 순으로 서신을 보내 이 사실을 보고한다.

　"인면지주?"

　"황당하군."

　무림맹 수뇌부의 반응은 미묘했다.

　"정말로 있기는 하나?"

　인면지주는 전설에서나 나오는 영물이다.

　기록이나 목격담이 없는 건 아니지만, 워낙 오래된 탓에 불확실했다. 단순한 미신의 경우일 수도 있다.

　"확신할 수는 없으나, 칠각사의 사례를 생각하면 가능성은 충분하다고 생각됩니다."

　독혈곡의 왕이자 영물인 칠각사. 몇 년 전, 단하성은 그 지옥에서 살아 돌아와 인정받았다.

　"아무리 검신이라지만, 쓸데없는…… 어흠, 확실치도 않

생이불유(生而不有) 121

은 일에 인력을 투입하는 건 좀 그렇지 않나."

"그 검신이 결정한 것이라면 분명 무언가 있겠지요. 섣부른 판단은 좋지 않다고 생각합니다."

아미파의 경인사태가 주서천을 지지했다. 그 외의 장로들 또한 대부분이 협력 의사를 보였다.

무림맹은 지난 전쟁에서 대패할 뻔했으나, 검신 덕에 희생을 최소화하고 승리를 취할 수 있었다.

소림사나 아미파처럼 마도와 척을 지닌 세력은 물론이고 정파 대부분이 주서천에게 구은을 입어 호의를 보이면서 그의 행동에 지지를 보였다.

설사 빚을 지지 않았다고 해도, 정파의 영웅이며 상천칠좌나 되는 인물의 요청을 무시할 수는 없었다.

"사람을 모으도록 하시오."

남궁위무가 장로진의 의사를 확인하고 명령을 내렸다.

인면지주 탐색대 모집은 은밀하게 진행됐다.

또한, 생각보다 상당한 고수가 모이게 됐다.

화산파의 경우는 매화검수까지 동원했다. 너무 과하지 않을까 싶지만, 이에는 타당한 연유가 있었다.

"주 사질이 보내 온 서신에 의하면, 함정이 도사리고 있을 가능성이 높다고 합니다."

"함정?"

"인면지주의 소재에 대해서는 천추, 당명인도 알고 있다고 합니다."

"과연…… 무형지독을 저지하려는 걸 예측하고 있을지도 모르겠구려."

충분히 가능성 있는 일이었다.

손자병법에서 말하기를, 약점을 공략하라 했다.

주서천에게 있어 무형지독은 이 약점에 해당했다.

아무리 방심했다고 한들, 그래도 위험한 건 마찬가지다. 괜히 대처하려고 움직인 것이 아니었다.

황천 앞까지 가서 그 너머에 있을 염라대왕과 대면할 뻔했으니 경계해야 하는 건 당연했다.

암천회, 천기라면 이 사실을 충분히 예측하고 있을 터. 그래서 만약을 위해 고수의 도움을 요청했다.

*　　*　　*

장강의 물길을 따라가다 보면 삼협(三峽)이 나온다.

삼협은 험준하기로 소문난 장소이며 동시에 빼어난 경관을 자랑하는 곳으로도 이름이 알려져 있다.

최초의 구당협(瞿塘峽)을 지나면 한 폭의 명화처럼 아름

답기 그지없는 무협(巫峽)이 나왔다.

그리고 이 두 곳을 지나면 둘과 달리 을씨년스러운 분위기에 기괴한 서릉협(西陵峽)에 들어선다.

양쪽으로 늘어선 가파른 절벽 탓에 해를 가려 대낮임에도 어둡고, 그 위에 자리 잡은 울창한 수풀에서는 원숭이인지 귀신인지 모를 것의 울음소리가 흘러나왔다. 또한, 강물은 혼탁하여 수면 아래가 전혀 보이지 않았고, 물살은 어찌나 거세고 빠른지 난폭했다.

"아가씨, 도착했습니다!"

당혜의 호위 무사, 원대식이 환하게 웃었다.

주변에선 안도의 한숨이 흘러나왔다.

탐색대의 합류 지점을 찾아오느라 정말 온갖 고생을 다했다. 말로 헤아릴 수 없을 정도의 수준이다.

'삼협의 물살이 격랑이라 익히 들었지만, 설마하니 이 정도일 줄이야……'

'발을 잘못 딛기라도 했으면 끝장이었을 거다.'

'으으으, 아직도 간담이 서늘하군.'

구당협의 산만 한 돌덩이, 염여퇴(灩澦堆)를 볼 때는 가슴이 철렁 주저앉았다.

좁아진 강폭을 포함해 유속이 빠르다 보니 노련한 선주가 모는 튼튼한 선박조차 안심할 수가 없었다.

염여퇴에 부딪쳐 배가 박살이 나거나, 혹은 뒤집힌다는 일화를 들었을 때는 소름이 다 끼쳤다.

아무리 명문지파의 무림인이라고 한들, 수공을 수련하지 않은 이상 이 거센 물결에 빠지면 답도 없다.

도중에 약간의 위기가 있긴 했지만, 그래도 어찌어찌 무사히 도착할 수 있었다.

"그런데 다시 봐도 정말 신묘하군."

"여기가 아직 서릉협 안이라고?"

"도저히 같은 곳이라는 게 믿겨지지 않아."

일행은 아직 서릉협을 빠져나오지 않았다. 나오기는커녕 위치상 한가운데에 있다.

사천의 금사강(金沙江)에서부터 일행을 태우고 온 선박은 서릉협의 굽어진 절벽 앞에 머무르고 있었는데, 정박한 장소의 수면은 삼협답지 않게 고요했다.

"대자연이 만들어 낸 기문진이라고 하더니만, 그 말이 사실일 줄이야……."

주서천도 선박 아래의 수면을 보고 감탄했다.

삼협이 새벽 시간대에 접어들면, 운무에 젖으며 천지조화가 일어나 다른 세상이 펼쳐진다는 말이 있다.

사람들은 이 이야기를 듣고 삼협의 경관이 그만큼 몽환적이고, 절경인가 보구나 하고 받아들였다.

그러나 사실은 전혀 달랐다. 소문은 사실이었다.

구당협, 무협, 서릉협.

장강의 삼협은 하나의 거대한 기문진이었다.

당가의 선조는 우연찮게 이 기문진 안에 숨겨진 장소를 발견했고, 그곳에서 인면지주를 찾았다고 한다.

"돛이 바람에 내려지지 않도록 잘 고정하고, 정(碇: 닻)도 꼼꼼히 확인하도록 해."

"알겠습니다."

당혜의 지엄한 명령에 당가의 무사들이 바쁘게 움직였다. 문제가 없는지 꼼꼼히 확인한 다음, 계단처럼 되어 있는 절벽 면을 타고 위로 올라갔다.

일행 전부 최소 절정 이상 되는 고수다 보니 딱히 문제는 없었다. 수면 위보다는 차라리 절벽이 나았다.

보기만 해도 위태로운 절벽 면을 등반하고 위로 올라오자 울창한 수풀이 나왔는데, 무척 어두웠다.

남만을 절로 연상시키는 광경이긴 했는데, 그 분위기는 비교도 안 될 정도로 음험하고 기분 나빴다.

이각 정도를 걷자 수풀 너머에서 소리가 들려왔다.

"……!"

당혜가 고개를 휙 돌려 주서천을 쳐다봤다.

"금속음."

주서천이 질문에 답하듯이 중얼거리곤 뛰쳐나갔다.

그 몸놀림이 가히 번개와 같았다.

"크아아악!"

수풀을 헤치자마자 피가 튀었다.

주서천은 가슴이 꿰뚫린 무사의 뒷덜미를 잡아서 뒤로 뺀 다음, 반대쪽 손으로 검을 출수했다.

키에엑!

'키에엑?'

짐승의 울음소리에 고개를 갸웃거렸지만, 그 의문은 금방 풀렸다. 눈앞에 나타난 건 정말 짐승이었다.

머리가슴과 배로 구분되는 몸집이 보였다. 머리에는 여섯 개나 되는 눈이 달려 있었는데, 붉게 빛났다.

또한, 일곱 마디로 된 다리는 머리가슴에 붙어 있었으며 도합 여덟 개였다.

거미였다. 그것도 그냥 거미가 아니라, 무려 오 척이나 되는 키를 지닌 거미였다.

'거미라고?'

거미는 이렇게까지 크지 않다. 서장에서 넘어온 희귀한 거미조차 커 봤자 손바닥만 한 정도다.

어린아이보다 큰 거미라니, 그런 건 들어 본 적 없었다.

'아니, 놀라는 건 나중이다.'

주서천은 경악과 불신을 잠시 옆으로 내려놓고, 손을 움직여 검을 재빠르게 휘둘렀다.

아무리 괴물 같은 거미라고 한들, 검신의 검 앞에서는 무용지물이다. 검격 몇 번에 몸이 조각났다.

"화산파의 주서천이오!"

주서천이 외치며 주변을 둘러봤다.

"주서천?"

"검신!"

"주서천 대협이다!"

여기저기서 환성이 들렸다.

주서천의 눈앞에 펼쳐진 광경은 거미의 형상을 한 괴생물체 무리와 대적하고 있는 무인들이었다.

"은공!"

반가운 얼굴이 보였다.

"왕일!"

금의검문의 질풍십객 중 필두, 질풍검 왕일이었다.

주서천은 왕일에게 달려가 그를 괴롭히고 있던 거미를 일검에 양단했다.

"허어!"

왕일은 주서천의 등장에 기뻐하면서도, 비교조차 불가능한 검 솜씨에 혀를 내두르며 경악했다.

"다른 사람들은 아직 안 도착했나?"

참고로, 탐색대는 결성된 후 집결한 적 없었다.

각 세력에서 고수를 동원한 건 성공적이었으나, 서로 거리가 떨어진 곳에 장소하고 있었다.

게다가 서릉협이 최적의 합류 지점인지라 그냥 목적지에서 합류하기로 결정했다.

물론, 기문진 내부의 출입 방법은 무림맹의 개편된 암호문을 이용하여 사전에 전달해 두었다.

그러나 금의검문 외의 세력이 보이지 않았다.

"은공 일행 외에 전원이 집결했으나, 지금은 헤어졌습니다. 자세히 설명하자면 좀 깁니다. 하앗!"

왕일은 검마나 유령을 제외하곤 금의검문에서 손꼽히는 고수였다. 영약도 지원을 받아서 실력이 좋았다.

주서천만큼은 아니지만, 그래도 전력을 가하면 거미의 다리를 두 번에서 세 번 만에 자를 수 있었다.

"보통 거미가 아닙니다!"

금의검문의 무사가 질린 듯이 소리쳤다.

크기도 크기지만, 단단함도 보통이 아니었다.

"컥, 컥!"

그사이에 금의검문의 무사 하나가 목을 붙잡고 괴로워했다. 낯빛이 붉으락푸르락해졌다.

감정이 격해져서 그런 게 아니라, 중독된 증세였다.

"해독!"

"예!"

주서천의 뒤를 따라온 당혜도 눈앞의 광경에 어이없어했지만, 상황을 빠르게 파악하고 도움을 주었다.

당가 소속 무사들이 금의검문과 화합을 맞췄다.

중독된 부상자를 보호해 해독에 신경 쓰거나, 혹은 암기를 이용하여 뒤에서부터 보조했다.

"흥."

당혜가 평범한 아낙네였다면 혐오스럽게 생긴 거미, 그것도 오 척이나 되는 크기에 비명을 지르면서 혼절했을지도 모른다. 그러나 무림에서도 소문난 여장부, 그것도 온갖 독충으로 가득한 당가의 여인이 아닌가. 눈 하나 깜빡하지 않고 상대했다.

거미가 펄럭이는 소매 속에서 튀어나온 암기를 맞고 몸을 마구 뒤틀며 다가오는 경우도 있었지만, 기겁하기는커녕 침착하게 옆으로 피해서 제압하거나 심지어 손바닥으로 후려쳐 쓰러뜨리기도 했다.

키리릭!

케륵!

한편, 거미 무리는 사람의 등장에 달갑지 않은 듯, 사납게 울부짖었다.

대낮임에도 불구하고 햇빛 한 줌 들어오지 않는 어둠 속에서 붉게 번뜩이는 눈빛은 섬뜩했다.

하나둘씩 늘어난다 싶더니, 어느새 이 주변 일대를 가득 채울 정도로 많아졌다.

"전원! 귀를 보호해라!"

주서천은 경고를 날린 뒤 숨을 크게 들이쉬었다.

폐를 통해서 들이쉬었던 공기가 내부에서 순환하며 변화했다. 내공이 밀어낸 공기가 입 밖으로 나왔다.

"쿠오오오오오오!"

주서천은 이 주변은 물론이고 삼협을 울릴 정도의 성량으로 용후를 사용했다.

쿠오오오오오!

울창한 숲 너머 삼협에 메아리칠 정도로 용의 울음소리가 울려 퍼졌다.

키릭! 키리릭!

키잇!

당장이라도 덤벼들 것만 같았던 기세의 거미 무리가 멈칫했다. 하나같이 주춤하는 반응을 보였다.

"호오, 안 물러난다고?"

웬만한 무인도 전의를 잃을 정도의 내력을 담았다.

내쫓을 생각으로 용후를 사용했거늘, 경계하거나 멈출 뿐 도망칠 생각은 없어 보였다.

"전부 영물이란 말이지?"

주서천의 눈이 욕망으로 번들거렸다.

"어디, 내단 좀 있나 보자!"

가지고 놀 생각은 없었다. 상황이 좋지 않은 듯하니 빨리 끝낼 생각으로 몸을 움직였다.

주서천은 대해와 같은 내공을 끌어 올려 검기도 아닌 강기로 검신을 두른 다음 화려하게 휘둘렀다.

파바바바밧!

굳이 초식을 펼칠 것도 없었다. 아무리 영물이라고 해도 그건 너무 과하다.

주서천은 한 줄기의 빛이 되어 어둠 속에 숨어 있는 거미 무리의 사이를 누비며 검을 움직였다.

서걱!

도끼로 쪼갠 것처럼 양단되는 거미의 몸뚱어리. 어찌나 깔끔히 잘렸는지 피 한 방울도 나오지 않았다.

주서천은 숨을 쉬는 것도 잊은 채, 예리한 감각 속에 들어오는 기척을 찾아 학살했다.

"이것이, 검신인가……!"

"보이지도 않는군."

"허, 참."

"여태껏 싸워 온 게 바보 같게 느껴질 정도야."

금의검문도 당가도 놀라움을 금치 못했다.

눈을 껌뻑이면 여기저기서 거미의 고통에 찬 울음소리가 들렸다. 그야말로 신속이었다.

잔상조차 제대로 못 볼 정도로 빠르고 대단해, 인지부조화가 일어날 정도였다.

참고로 그 와중에 혹시 있을 내단을 신경 써서 그런지, 초반을 제외하곤 전부 찌르기만으로 죽였다.

키에엑!

크륵크륵!

그제야 거미 무리도 공포를 느꼈는지, 멀리서부터 도와야 할지 말아야 할지 하던 이들도 줄행랑을 쳤다.

주변 일대의 청소를 끝낸 주서천은 호흡 하나 흐트러지지 않은 채, 검을 집어넣고 왕일에게 다가갔다.

"어디 다친 곳은 없나?"

"더, 덕분에 멀쩡합니다."

"다행이군. 여기에서 무슨 일이 있었지?"

"그게……."

왕일이 회상에 잠긴 표정으로 말을 이었다.

第六章
암천후유(暗天後有)

한 시진 전.

"우욱……."

장서은이 샛노란 낯빛인 채로 헛구역질했다.

"괜찮으세요?"

낙소월이 걱정스러운 눈길로 쳐다보며 사저의 등을 손으
로 조심스레 쓰다듬어 주었다.

"아니, 전혀 괜찮지 않아……."

"아무렇지 않은 네가 정말로 부럽다……."

장홍도 죽어 가는 목소리로 말했다.

"서릉협의 물살을 거슬러 오는 것이 이렇게 힘든 일일

줄이야."

삼대제자이면서 매화검수로서 산전수전을 겪은 몽각의 얼굴조차 피곤한 기색이 역력했다.

"이럴 줄 알았으면 좀 돌아가도 안전한 경로를 택할 걸 그랬나……."

담향 역시 마찬가지로 힘든 듯, 푸념 섞인 중얼거림을 흘렸다.

"으으……."

"최악이군."

매화검수의 통솔 아래, 화산파에서 차출된 스물다섯 명의 화산파 제자들 또한 표정이 좋지 않았다.

인면지주의 서식지로 들어가는 길은 한두 군데가 아니다. 입구도 여러 개였다.

화산파의 경우, 구당협과 무협을 지나기보다는 서릉협 끝자락에서 물살을 거슬러 올라가는 것이 더 빨랐다. 다만, 그 과정이 무척 험난했다. 안 그래도 난폭하고 걷잡을 수 없는 장강의 물줄기였는데, 거슬러 올라가니 그 정도가 더 심했다.

"엄한 규율과 절도로 이름난 매화검수조차 이겨 내지 못하니, 서릉협의 물살은 명불허전이로다."

헛헛헛!

봉부난발의 늙은 거지가 놀리듯이 웃었다. 일곱 개의 매듭은 노인이 개방의 장로라는 걸 증명했다.

"금주봉개(禁酒棒丐) 어르신께서는 여전히 짓궂으시군요."

묘령의 여인이 요염하게 웃었다.

"아……!"

장홍이 힘든 와중에도 묘령의 여인을 보는 데 바빴다.

눈에 띄는 건 단연 암청(暗靑)을 띠며 찰랑이는 단발과 오밀조밀하고 뚜렷한 이목구비였다.

입꼬리는 살짝 올라가 여유가 묻어나는 웃음을 만들어 내고, 우수에 찬 눈빛은 호수처럼 잔잔했다.

신체의 선이 무척 유려하고 얇아, 툭 치면 부러질 것 같은 느낌이 묻어났다.

'파검봉(波劍鳳), 단리화(段里花).'

오룡삼봉 중 일봉(一鳳).

후기지수 중에서도 단연 배분이나 연령이 높다.

청성파 장문인의 사손으로서, 여인의 몸으로 스물아홉에 화경이 된 터무니없는 천재로도 알려져 있다.

비록 천재를 넘어선 괴물, 검신의 이름에 가려졌으나, 몇 년 전까지만 해도 무림의 기대를 한 몸에 받을 정도로의 유명인이었다.

청성제일미로 삼봉 중에서 성숙한 미색을 뽐내고 있으며, 여인이라고 얕보았다가 청성파의 절기인 칠십이파검(七十二波劍)에 무너진 고수가 한둘이 아니다.

다만, 얼마 전까지만 해도 사문에서 폐관 수련하느라 최근에는 이렇다 할 활약은 없었다.

그럼에도 불구하고 여전히 입에 오르락내리락하는 화제의 인물이었다.

"그나저나, 검신과는 동행하지 않으신 모양이네요."

단리화가 멀리 보듯 눈썹 위에 손을 올리고 주변을 슥 둘러봤다.

"사천의 금사강에서부터 온다 하였으니, 나중에 올 거다. 그 전까진 주변을 탐색하도록 해야겠군."

개방의 칠결제자, 금주봉개 손일산이 답했다.

"그 전에 잠시 통성명이라도 하는 편이 좋을 듯싶습니다."

무림맹 소속 고수, 웅권협(熊拳俠) 이출이 나섰다.

"부대주인 웅권협 이출이라고 합니다."

이출이 포권으로 인사했다. 별호와 다르게 곰처럼 생기지는 않았다. 어디에서나 볼 법한 중년 사내였다.

무림맹을 필두로 개방과 청성파, 화산파가 차례대로 소개했다.

"금의검문 소속 지, 질풍검 왕일입니다."

왕일은 주변의 눈치를 보면서 멋쩍은 웃음을 지었다.

'허, 참. 은공께서 고수를 모집했다곤 하지만 설마하니 이 정도 되는 인물이 모일 줄이야.'

매화검수야 말할 것도 없으며 손일산이나 단리화, 이출까지 무림에서도 내로라하는 고수들이었다.

전원 천하백대고수로 화경에 이른다.

그 외에도 각 세력에서 동행한 무림인들 또한 최소 일류의 무인이었으며, 절정이나 초절정도 수두룩했다.

도합하면 구십여 명에 이르는 무인들이었다.

왕일도 무림에선 질풍십객의 수장으로서 나름대로 이름을 날리긴 했지만, 눈앞의 사람들 정도는 아니다.

통성명이 끝나자 이출이 막 입을 열려던 차였다.

"그러면……."

"뒤!"

말을 잇기도 전, 손일산이 고함을 내질러 경고했다.

부웅!

'……!'

이출은 고함을 듣자마자 몸을 움직였다. 명색의 천하백대고수답게 그 몸놀림은 몹시 재빨랐다.

전을 뒤집듯 몸을 등 뒤로 돌렸다. 상체는 젖히듯이 뒤로 넘겼다. 덕분에 상단을 노린 공격을 피했다.

부우웅!

소리가 묵직했다. 마치 몽둥이를 휘두른 것 같았다.

그러나 이출의 시야에 잡힌 건 몽둥이 같은 게 아니었다. 몽둥이보다 더 흉악한 거미의 발이었다.

문제는 그 발을 지닌 거미가 범만 한 크기였다는 것이었다.

"어딜!"

경고로 이출을 살린 손일산은 쏜살같이 튀어 나가 봉을 앞으로 힘껏 밀어냈다. 대기에 구멍을 낸 봉은 혐오스럽게 생긴 거미의 머리를 정확히 명중시켰다.

퍽!

키에에엑!

거미가 고통스러운 비명을 내질렀다.

"뭔······."

탐색대 전원이 입을 떡 벌렸다.

워낙 순식간에 일어난 건 그렇다 쳐도, 일단 급습의 주인이 맹수만 한 크기의 거미라는 것에 놀랐다.

"으아악!"

"아악!"

감정을 추스르기 전에 양방향에서 비명이 들렸다.

탐색대원이 넘어진 채 수풀 너머로 미끄러지듯 움직였는데, 자세히 보니 발목이 실로 묶여 있었다.

"거미줄!"

"인면지주!"

아무래도 굳이 탐색은 필요 없을 듯싶었다.

인면지주인 줄은 모르나 그에 준하는 영물이자 마물, 거미가 있다.

"개방과 화산파는 좌로 간다! 웅권협! 대원을 구출하고 중간에서 합류한다!"

손일산이 크게 외치며 몸을 날렸다. 그 뒤로 개방도와 화산파 제자들이 뒤를 따랐다.

"무림맹과 청성은 우로 가겠소! 금의검문은 후위를 부탁하겠소이다!"

몸을 바로잡은 이출도 뛰쳐나갔다. 그 뒤로 무림맹 소속 무사들을 비롯해 청성파가 뒤따랐다.

"뒤따른다!"

왕일이 검을 뽑으며 몸을 날리려 했다.

"안 됩니다!"

질풍십객의 일원, 조춘이 외쳤다.

왕일은 무슨 일인가 하고 뒤를 본 순간, 얼굴을 걸레짝처럼 일그러뜨렸다.

어느새 거미 무리에게 사방으로 포위된 상태였다.

"그리고 마침 은공께서 와 주신 참입니다."

"머리를 썼군."

주서천이 눈살을 찌푸렸다.

"의도적으로 전력을 분산시켰을 뿐만 아니라, 유도까지 했다."

"머리요? 실례하오나 주 대장. 아무리 몸집이 크기는 하지만, 한낱 미물이 아닙니까?"

조춘이 설마 하는 표정으로 믿기지 않는 듯 물었다.

"거미는 머리 좋기로 유명하니 주의하시는 게 좋을 거예요. 영물이라면 더더욱이요."

당혜가 조춘의 물음에 대신 답했다.

"이 몸집에 머리까지 비상하다니……."

원대식이 거미의 사체를 보고 침음을 흘렸다.

"어찌할까요?"

왕일이 주서천에게 의견을 물었다.

'어디로 가야 하지?'

화산파와 개방은 좌측으로 갔다.

무림맹과 청성파는 우측으로 갔다.

거미의 목표가 전력의 분산과 각개격파라면, 서로 돕지

못하도록 거리를 떨어뜨릴 의도가 분명했다.

정황상 한곳만 추적할 수 없었다. 현재 일행도 둘로 나뉘어 쫓아야만 했다.

'……좋아.'

상황이 급하다 보니 고민은 그리 길지 않았다.

"왕일."

"예, 은공!"

"당혜를 따라서 화산파와 개방을 쫓도록. 인면지주건 거미건 간에 보통 놈들이 아니니까 방심하지 말고, 전력이 분산되는 걸 조심해라."

"명대로 하겠습니다."

주서천이 고개를 돌려 당혜를 쳐다봤다.

"그쪽을 부탁할게."

"혼자 갈 셈이야?"

당혜가 걱정인지 불만인지 모를 얼굴로 물었다.

"상천칠좌를 얕보지 마."

"……해독약은, 필요 없어?"

"묘하게 친절한데…… 당가의 가주께 몇 가지 받은 게 있으니까 괜찮아."

"그래."

인면지주는 아니나 이 거미 무리는 하나하나가 강하고

성가시다. 괜히 전력을 분산할 필요는 없었다.

무엇보다, 혼자서 행동하는 게 더 빠르고 편하다.

차라리 이렇게 나누는 편이 나았다.

"나중에 보자."

주서천은 당혜에게 인사하고 몸을 날렸다.

*　　*　　*

퍼어억!

키엑!

거미가 고통으로 가득 찬 비명을 내질렀다.

"어허! 시끄럽다!"

손일산의 굳은살 가득한 손에 쥔 봉이 날았다.

퍽! 퍼억!

오 척가량의 장봉을 휘두를 때마다 거미의 다리는 부러지고, 머리는 터져 곤죽이 됐다.

아무리 몸집이 크다 할지라도, 무림 고수 앞에선 별 소용없었는지 힘을 잃고 쓰러졌다.

쉬이이익!

그러나 영물은 한두 마리가 아니었다. 눈앞의 거미를 죽이기 무섭게 옆에서부터 공격이 들어왔다.

"아, 아니…… 이놈이……!"

거미는 항문 근처의 방적 돌기에서 거미줄을 내뿜었다. 새하얗고 끈적끈적한 실이 손일산을 덮었다.

점성(粘性)이 얼마나 대단한지, 고수인 손일산이 잠깐 꼼짝 못 할 정도였다.

캬앗!

근처의 또 다른 거미가 손일산이 무력한 걸 노리고 덤벼들었다.

호흡을 맞춰 합공하는 게 영락없는 사람이었다.

"어딜!"

그러나 합공하는 건 사람도 매한가지다.

서걱!

매화검수, 담향의 검이 손일산을 위협한 다리를 잘랐다.

키이잇!

거미가 듣기 싫은 울음소리를 냈지만, 고통에 발버둥 치지만은 않았다.

눈앞의 적의 숨통을 끊기 위해서인지 아직 남아 있는 일곱 개의 다리를 열심히 놀렸다.

파바밧!

다리를 휘두르는 속도가 제법 빠르다. 겉모습만 거미가 아닌가 싶을 정도다.

그러나 그건 담향 역시 마찬가지다. 회수한 검을 다음 초식으로 이어 검격을 선사했다.

쐐애액!

서걱!

스걱!

그림을 그리듯 허공에 그어지는 선은 사선(死線)이 됐다. 거미의 머리가 조각나며 바닥에 쿵 떨어졌다.

"끙! 이거 원, 못난 모습을 보이는군."

손일산이 거미줄을 풀어내며 미안하다는 듯이 사과했다.

"괜찮습니다. 아무래도 이 거미줄은 봉과 상성이 좋지 않은 듯싶습니다."

담향이 거미줄을 대신 잘라 주며 답했다.

그녀의 말대로였다. 거미줄이 상상 이상으로 끈적하고, 내뿜는 양도 상당했다.

호신강기를 두르면 손쉽게 막아 낼 수는 있으나, 인면지주도 아니고 주변을 가득 메운 거미의 거미줄을 막으려고 일일이 사용할 수는 없었다. 그랬다간 몇 번 쓰지도 못하고 내공이 바닥나 금방 쓰러진다.

"타앗!"

"홉!"

그렇다 보니 개방도가 힘들어하는 모습을 보였다.

검법이 없는 건 아니지만, 개방의 무공은 대부분이 봉법이나 장법, 권법 등 타격에 집중되어 있어서였다.

공격으로 거미를 쓰러뜨리는 건 어렵지 않았으나, 문제는 거미줄이었다. 수도 많으니 몹시 성가셨다.

"저리 가!"

장서은이 질색하며 검초를 펼쳤다. 어찌나 싫은지 눈물까지 찔끔 흘릴 정도였다.

"꺄아!"

거미가 장서은을 덮치듯 무서운 속도로 기어 왔다.

"사저!"

장서은은 몸이 쑥 당겨지는 걸 느꼈다.

혹시 최초에 납치된 탐색대원처럼 거미에게 끌려가나 싶었지만, 다행히도 착각에 그쳤다.

정신을 차리고 보니 사매인 낙소월이 팔 하나로 감싸 안은 것을 알 수 있었다.

낙소월의 반대쪽 손은 놀지 않았다. 일전에 주서천이 건네준 검을 힘껏 내질러 거미의 턱 안에 꽂아 넣었다.

입 안은 물론이고 그 안의 뇌에 구멍을 만들어 숨통을 끊었다.

"괜찮아요?"

낙소월이 걱정스러운 듯 장서은을 살폈다.

"어쩌지, 사매. 이 사저는 사매에게 반할 것 같아."

"그건 좀 봐주시겠어요?"

낙소월이 쓴웃음을 지었다.

"사매도 정말로 대단하구나…… 평범한 거미라면 모를까, 이렇게 큰 걸 보고도……."

장서은은 한탄하며 낙소월의 품에서 빠져나왔다.

일단 어찌어찌 싸우고는 있으나, 평소의 실력의 반 정도밖에 발휘되지 않았다.

거미는 혐오스럽다. 평소에는 작고, 자세히 보지 않으니 상관없다. 한데 이렇게 보니 정말로 끔찍했다.

혹시 펄쩍 뛰기라도 하면 어쩔까. 상상만 해도 주화입마 직전이다.

"괜찮으시겠어요?"

"안 괜찮아. 그런데 어쩔 수 없지."

장서은이 검을 들었다.

매화검수가 거미 탓에 아무것도 못 했다고 하면 비웃음 당할 일이다. 무엇보다 목숨을 건 상황이 아닌가.

떨리는 가슴을 추스르며 기어 나오는 거미를 봤다.

"힘 한 번 들이지 않고, 거미를 날뛰지 않게 해치울 수 있는 사람이 있으면, 그 사람을 진심으로 존경할 거야."

부르르.

눈앞의 거미가 갑자기 몸을 떨더니 바닥에 쓰러졌다. 몸집이 몸집인 만큼 쿵 소리가 났다.

낙소월은 깜짝 놀란 얼굴로 장서은을 쳐다봤고, 장서은 역시 입을 가린 채 두 눈을 휘둥그레 떴다.

"금의검문과 당가다!"

"독봉, 당혜다!"

그녀들의 의문은 얼마 가지 않아 풀렸다.

"언니!"

장서은이 당혜를 보고 눈물을 주륵주륵 흘렸다.

＊　　＊　　＊

주서천은 신속하게 이동했다. 머리카락은 바람에 휘날리고, 소맷자락도 너풀거렸다.

지면을 박찰 때마다 주변의 풍경이 휙휙 바뀐다.

"으윽……."

그때였다. 북동 방향에서부터 누군가의 신음 소리가 들려 왔다.

'여긴가?'

전속 전진하는 와중에도 방향의 전환은 신행백변 덕에 자유로웠다. 균형을 잃는 모습이 조금도 없었다.

약 반 리 정도를 달렸을까. 고목나무에 등을 기댄 채 붕대로 상처를 감고 있는 중년인이 보였다.

그 앞으로는 탐색대원으로 보이는 시체가 네 구 보였다.

"괜찮소?"

"당신은⋯⋯!"

중년인이 주서천의 얼굴을 알아보고 놀랐다.

"검신!"

"웅권협께서는 괜찮소?"

대원의 얼굴을 하나하나 알지는 못하지만, 그래도 부대장인 사람의 얼굴은 초상화로 외웠다.

"그리 많이 다친 건 아닙니다."

이출이 쓴웃음을 지으며 주서천이 건넨 손을 잡고 일어났다.

"어떻게 된 일이오?"

"그게⋯⋯."

이출이 곤란한 듯 말꼬리를 흐렸다.

"시간이 없으니 요약해서 보고해 주십시오."

"알겠습니다."

이출을 포함한 무림맹 소속 무사 스물.

단리화가 포함된 청성파 제자 열.

전력이 분산되어 서른이 되어 버렸지만, 전원이 실력자

로 구성된 그들에게 두려울 건 없었다.

그러나 안으로 따라간 순간, 악몽이 시작됐다.

"그 영물, 아니 마물(魔物)은 끔찍했습니다. 사람만큼의 영리함을 지녔고, 센 힘과 거미줄을 지녔지요. 아무것도 보이지 않는 어둠 속에서 덮쳐 오는 그들은 그야말로 악몽이었습니다."

이출이 끔찍하다는 듯 몸을 부르르 떨었다.

"어떻게든 살아남아 보려 발버둥 쳤으나, 저희는 속수무책으로 당했습니다. 수하를 잃어버렸지요. 그리고……."

"그리고?"

주서천이 이출의 다음 말을 재촉했다.

"도저히 믿기 힘드시겠지만, 파검봉께서 거미의 독에 당해 미치기라도 한 것인지 아군을 공격했습니다."

"……."

주서천의 얼굴이 딱딱하게 굳었다.

"무슨 짓이냐고 외쳤지만, 그녀는 대답하지 않았습니다. 말없이 검을 휘둘러 왔지요. 그 탓에 전원이 혼비백산하여 뿔뿔이 흩어졌고, 지금 이 상황에 온 것입니다."

붕대를 다 감은 이출이 자리에서 일어났다. 수하를 보는 그 눈은 죄책감으로 가득 찼다.

"흠……."

"최악으로, 그녀가 거미의 독에 당해 미쳤거나 혹은……."

"배신했을 가능성."

"그렇습니다."

이출의 얼굴에 암운이 끼었다.

"알겠소. 일단 그녀를 찾도록 하지요. 혹시 어디로 향했는지 방향을 알 수 있겠소?"

"예. 저쪽입니다."

"일행과는 반대 방향이군."

좋지 않다. 점점 더 멀어지고 있었다.

그렇다고 두고 볼 수는 없는 일.

"움직이실 수 있겠소?"

"저 웅권협, 검신의 명성만큼은 아니나 그래도 맹 내에서 나름 고수입니다."

이출이 팔을 움직여 멀쩡하다는 듯 불룩 튀어나온 상완근을 보였다.

"다행이오. 그러면 갑시다."

타앗!

이출이 가르친 방향을 향해 몸을 날렸다. 그가 뒤처지지 않도록 속도를 줄였다.

'파검봉, 단리화.'

스물아홉에 화경에 오른 천재. 역시 전란의 시대라는 걸 절로 생각하게 만드는 사람이었다.

전생에서도 영웅호걸 중 일인으로서 활약한 여인이었다. 오십 때쯤 암천회와의 싸움에서 사망했다.

만각이천이나 상왕만큼 시대를 풍미하거나, 대단한 업적을 세운 정도는 아니지만 고수로 이름을 알렸다.

"검신!"

이출의 경고 어린 목소리가 상념을 깨뜨렸다.

눈앞을 보니 나뭇가지나 고목 주변에서 습격을 준비 중인 대형 거미가 보였다. 전부 일곱 마리였다.

"그냥 달리시오."

주서천은 눈썹 하나 깜짝하지 않았다.

"하, 하지만……."

"괜찮소. 날 믿으시오."

다리로 순환되는 내력을 줄이기는커녕 높였다. 순간적인 속력도 자연스레 올라가며 빨라졌다.

'탄검음.'

중지를 구부려 힘을 모으고, 검신을 후려쳤다.

째애애앵!

손가락을 튕겨 공력을 내뻗자, 검신이 위아래로 출렁였다. 마치 파도와 같은 모양새였다.

키이이익!

쉬이익!

검에서 뿜어져 나온 음파가 주변 숲을 슥 훑자, 숨어 있던 거미 무리가 괴로운 듯 몸을 비틀거렸다.

'위치 파악.'

눈동자가 사방팔방으로 움직였다. 네 번을 움직인 것만으로 일곱 마리 전부 어디 있는지 확인했다.

"하나."

스쳐 지나가듯이 검을 휘둘렀다. 경공을 멈추지 않고 가볍게 휘둘러 마치 춤사위를 떠올리게 만들었다.

슥.

거미의 몸에 혈선을 긋는다.

서걱!

장난치듯 휘두른 것처럼 보여도 그 위력은 장난 따위가 아니었다. 그 육중한 몸집이 깔끔하게 양단됐다.

"둘, 셋, 넷."

팡! 파방!

검을 휘두른 오른손 대신 왼손의 중지를 세 번 튕겼다. 탄검음이 아닌 자하지였다.

손가락 끝에서 내뿜어진 자색의 선은 화살처럼 쏘아져, 균형을 잡으려던 거미의 머리에 구멍을 냈다.

"앞에……!"

이출이 정신없는 와중에도 경고를 해 줬다.

이동 방향 앞에 장애물이 있었다. 족히 몇백 년은 산 거목이었다. 그 나뭇가지 위에 거미가 보였다.

"다섯, 여섯, 일곱."

쐐애액!

검을 위에서 아래로 힘껏 긋는다. 이번에는 제법 크게 휘둘렀다. 검에 자색으로 두른 강기가 보였다.

쩍!

"……!"

이출은 말을 잇지 못했다.

상천칠좌가 사람의 한계를 넘어선 괴물 같은 경지란 걸 알고는 있었지만, 이 정도일 줄은 몰랐다.

주서천이 거목에 부딪치기 전에 검을 휘둘렀다. 조금 거리를 두었는지라 벨 수 있을지 의문이었다.

그러나 괜한 걱정이었다. 검에서 뿜어져 나온 압력이 대기를 가르고 지나가 거목을 장작처럼 쪼갰다.

끼이익!

거미의 비명이 아니었다. 수백 년을 살아온 거목의 몸이 둘로 나뉘며 지르는 비명이었다.

쿠웅!

짹짹짹!

양단된 거목이 양옆으로 쓰러지자, 그 충격으로 주변에 서식하던 새들이 놀라 위로 날아올랐다.

그 외에도 거목이 쓰러지는 곳에 살던 벌레나 소동물을 비롯해 사람을 위협했던 거미도 깔려 죽었다.

'이, 이럴 수가!'

이출은 입을 쩍 벌린 채 다물 생각을 하지 않았다.

머릿속에서 천둥이 쳤다.

주서천과 대면했을 때, 과연 이렇게 젊은 사람이 상천칠좌인 검신이 맞을까 하는 의심이 들었다.

그러나 어리석은 생각이었다. 땀 한 방울 흘리지 않고, 이러한 무위가 가능한 건 상천칠좌밖에 없다.

"속도를 올리지."

주서천은 이출의 목덜미를 낚아챘다.

"예, 예? 으아악!"

기분 나쁜 바람이 뺨을 후려쳤다.

'아직까지 시체는 없다.'

경공을 극성으로 펼쳐 무작정 달리는 것처럼 보이지만, 결코 그렇지 않다. 주변을 확인하면서 달렸다.

챙! 채앵!

반 각 정도의 시간이 흐르자 앞에서 금속의 마찰음이 들렸다. 누군가가 싸우고 있는 것이 틀림없었다.

남만의 밀림처럼 울창한 숲을 헤치자 안이 무저갱처럼
암흑천지인 동굴을 앞에 둔 터가 나왔다.

"찾았다."

주서천이 입으로 소리 내며 제자리에 멈춰 섰다. 뒷덜미
를 잡은 채로 데려온 이출도 내려 두었다.

"파검봉!"

이출이 적의에 찬 목소리로 외쳤다. 그 시선 끝에는 거미
에 포위된 채 홀로 서 있는 단리화가 있었다.

"……."

단리화가 이출의 목소리를 듣고 머리를 돌렸다.

그녀는 아무 말도 하지 않고, 눈만 매섭게 떴다.

그동안 험한 일을 겪었는지 도복 군데군데가 찢겨져 있
고, 드러난 피부에선 핏방울이 뚝뚝 떨어졌다.

손에 쥔 검에선 서늘한 예기가 고요하게 흘러나오고 있
었다.

'저기 있다.'

주서천은 단리화의 등 뒤에 위치한 동굴에 집중했다.

거미줄에 돌돌 말린 채 천장에 매달린 사람들이 보였는
데, 인원수를 세어 보니 탐색대원이 틀림없었다.

"미치기라도 한 것이냐, 단리화!"

이출이 주먹을 꽉 쥐고 고함을 질렀다.

"도대체 무슨 생각으로 동료를 공격한 것이냐?"

"……."

이출의 물음에도 단리화는 아무 말도 하지 않았다.

주서천과 이출을 번갈아 볼 뿐이었다.

"왜 아무 말도 하지 않나! 설마하니 당명인처럼 정파를 배신이라도 한 건가, 파검봉이여!"

분노에 가득 찬 목소리. 이출은 거미만 아니라면 당장이라도 뛰쳐나갈 기세였다.

사각사각!

"포위됐나."

불리한 상황임에도 아무렇지 않게 말하는 주서천.

예리해진 감각 속에서 주변 일대의 움직임이 잡힌다. 수십은 족히 넘었다.

"오룡삼봉 중 일룡과 일봉이 배신을 하다니……."

이출은 오룡삼봉의 배신에 개탄했다.

"무언은 곧 긍정. 아무래도 그녀를 정파의 배신자로서 처단해야 할 듯싶습니다."

그는 당장이라도 뛰쳐나갈 기세로 일 보 전진했다.

"들어라, 파검……."

"그만."

이출이 몸을 돌려 의아한 눈으로 쳐다봤다. 무슨 일이냐고 물어보는 표정이었다.

"웅권협. 연기는 그만해라."

"예……?"

"이 숲은 그대가 말한 것처럼 마물로 가득하다. 먹이가 상처를 입은 채 혼자 남아 있다면 결코 그냥 둘 곳이 아니지."

인면지주의 사냥을 위해 지역 특성이나, 이곳에 서식하는 영물이나 맹수에 대해서 공부하고 왔다.

독왕이 관련 정보를 제공하고, 배를 타고 오면서 당혜가 설명해 준 덕에 파악을 완료했다.

"거, 검신께서는 무언가 오해를……."

"그리고 부상을 입은 것치곤 너무 잘 따라오지 않았나. 만약 만나기 전까지 정말 처절하게 싸운 것이라면, 그만한 내공이 남아 있지 않아야 정상일 텐데."

웅권협은 고수이지만 대문파 출신으로 영약의 지원 같은 건 받지 않았다. 기연 역시 없었다.

이럴 경우 내공의 양은 평범하기 마련이다.

경공이란 건 알다시피 내공의 소비가 크니, 싸운 이후라면 사용할 수 없는 것이 정상이었다.

"그건……."

"파검봉께선 점혈법에 당하신 거요?"

주서천이 이출을 무시하고 단리화에게 물었다.

단리화는 주서천의 물음에 신기하다는 표정을 짓더니, 이내 옅게 웃으면서 고개를 위아래로 흔들었다.

아무래도 아혈(啞穴)을 짚여 목소리가 나오지 않는 모양이었다.

"도착하자마자 동료가 잡힌 걸 보며 화를 냈다면 모를까, 그녀를 배신자로 모느라 너무 혈안이 됐다."

주서천이 코웃음을 치며 이출을 흘겨봤다.

"……큭!"

이출은 더 이상 숨길 생각이 없는지, 얼굴을 일그러뜨리곤 주서천에게서 멀찍이 떨어졌다.

"그리고……"

스으윽.

주서천이 내기를 외부로 발출했다.

"커, 커헙!"

이출은 적의를 내뿜으려다가, 주서천에게서 흘러나온 기에 압도되어 꼼짝도 하지 못했다.

숨은 턱턱 막히고 털이란 털은 쭈뼛 섰다. 마비독에 중독된 것처럼 몸을 조금도 움직일 수가 없었다.

이마에 송골송골 맺힌 땀은 곧 온몸을 적셨다.

키익!

키이잇!

쉭!

이 일대를 포위한 거미 무리도 겁을 먹었다.

자고로 동물이란 건 감이 예리해 사람보다 민감하기 마련. 주서천이 기도를 풀자 끔찍하게 싫어했다.

조금씩 엉금엉금 기어 접근하려던 거미 무리는 경기를 떨듯이 경계하며 뒤로 물러났다.

"그림자 속에 숨어 기회를 엿보지 말고 얼른 튀어나와라, 암천회."

"호오."

뚜벅뚜벅.

동굴 안에서 발걸음 소리가 들렸다.

그걸 시작으로 주변의 기척도 움직였다. 숨죽이고, 맥박까지 늦춰 은신하고 있던 칠성사병이었다.

대충 세어 봐도 오십이 넘어가는 인원수였다.

"설마하니 이렇게나 빠르게 간파할 줄이야."

사납고 위엄 어린 목소리였다.

"천기니까."

주서천이 당연하듯이 답했다.

"천기라면 반드시 무언가를 준비할 놈이다."

천추의 정체가 밝혀졌다고 해도, 천추성이 사라지는 건 아니다. 아직 그들의 정체는 밝혀지지 않았다.

아무리 암호를 개편하고, 비밀리에 움직여도 어디선가는 정보가 새어 나갈 것이라고 생각했다.

탐색대의 모집도 말만 기밀이지 사실 완벽하게 숨길 생각은 없었다.

어차피 천추성 중 누군가가 토설할 것이라 생각했다.

중원이나 사람이 접근할 수 없는 기문진 안에 위치한 인면지주의 서식지. 이보다 좋은 습격 장소는 없다.

"언제나 말하지만……."

주서천이 검에서 자색의 아지랑이가 흘러나왔다.

"무림의 뒤편에 암천회가 있다면."

주서천이 조소를 흘렸다.

"암천회의 뒤편에는 나, 주서천이 있다."

第七章
육합신창(六合神槍)

"오만하구나, 주서천."

철그럭.

동굴 안에서 사람이 나왔다. 그가 움직일 때마다 전신에 두른 흑철갑(黑鐵甲)이 쇳소리를 내뱉었다.

'갑주……?'

사슬 갑옷, 쇄자갑도 아니고 그렇다고 찰을 엮어 만든 산문갑도 아니었다.

아무리 무림인이 방어보단 회피에 집중해 보법을 중시하다 보니 갑옷에 대한 지식이 없다지만, 눈앞의 갑주는 일반적인 상식을 넘어선 외형을 지녔다.

일반적인 갑주와 다르게 머리부터 발끝까지 철갑으로 둘렀으며, 투구는 갑옷과 일체화한 것처럼 보였다.

철은 각지고 뾰족해 섣불리 만지면 베일 것 같았고, 눈 부위는 뚫려 있으나 그 내부는 보이지 않았다.

'저게 뭐지?'

머릿속의 기억을 뒤져 봤지만 나오는 건 없었다.

'심상치 않다.'

외관이야 두말할 것도 없고, 불길한 기색이 역력했다.

"요광이냐."

얼굴은 보이지 않지만 정체는 유추할 수 있었다.

두뇌인 천기가 나설 리는 만무하고, 천추인 당명인 역시 무공 특성상 전면전에는 맞지 않다.

암천회주일 가능성도 전무하지는 않으나 최후의 결전을 앞에 둔 구심점이 쉽게 나설 리는 없었다.

흑철갑의 무인은 긍정하듯 고개를 끄덕였다.

촤르륵!

놀라운 일이 벌어졌다. 손도 대지 않았거늘, 어떻게 된 영문인지 투구가 전 방향으로 접히면서 걷혔다.

"전부터 이야기는 들었으나 이렇게 얼굴을 맞대는 건 처음이구나."

요광이 무심한 표정으로 말했다.

'요광, 파군.'

암천회, 병(兵)의 수뇌.

'화경인가?'

경지를 가늠하려 했으나 잘 되지 않았다.

일단은 화경으로 보이기는 한데, 눈앞에 안개가 끼인 것처럼 흐릿하고 무언가 이질감이 느껴졌다.

동수거나 고수일 경우와는 좀 다르다. 하수인 건 확실한데 찝찝한 기분이 사라지지 않는다.

'상황이 그리 좋지만은 않다.'

주변의 기척만 대충 세어 봐도 오십. 근처에는 또 대형 거미가 있을지도 모르고, 요광까지 있었다.

시간이 그리 많지 않았다. 신속한 판단을 내렸다.

"파검봉."

"……?"

"신호를 내리면 동굴 안으로 달려서 대원들을 구하고 깨우십시오. 불가능하면 그냥 내버려 두고 숨으십시오. 만약, 전원이 사망할 경우 후퇴하십시오."

끄덕.

"그럼 가겠습니다."

주서천이 오른발을 들었다.

"하압!"

폐에서 크게 들이쉰 숨을 힘껏 내뱉는다. 다리를 두르듯이 회전한 진기가 용천혈에까지 닿았다.

내공의 운용으로 만중검에 맞춰 늘어난 체중이 날숨에 맞춰서 폭발했다.

빠드득.

지면이 발에 의해 움푹 들어간 순간, 반경 일 장 안의 대지가 쩍쩍 갈라지며 낮게 가라앉았다.

콰앙!

주서천의 진각(震脚)이 압도적인 힘을 낳았다. 고막이 찢어질 정도의 굉음과 함께 폭발이 일어났다.

발목까지 자라난 잡초가 무더기로 뽑혀 나갔고, 그 아래의 바위도 충격을 이기지 못하고 위로 치솟았다.

누런 먼지구름이 피어오른 순간, 그림자가 튀어나갔다. 단리화였다.

"흠!"

요광이 어림없다는 듯 팔을 쭉 뻗었다. 그 손에는 언제 쥐었는지 모를 한 자루의 창이 들려 있었다.

당장이라도 타오를 듯한 붉은색과 금색의 조화로 이루어진 장창이었다.

"어딜!"

주서천이 예상했다는 듯 손가락을 튕겨 자색의 선을 내

뽑었다. 세 줄기의 자하지가 요광의 창을 후려쳤다.

째앵!

창대가 자하지의 충격을 받고 휘었다. 그러나 단순히 휜 것만으론 끝나지 않았다.

화르륵!

창날이 시뻘겋게 달아오르더니만 불꽃을 토해 냈다.

조금만 닿아도 피부가 익을 만한 열기였다.

"……!"

단리화가 몸을 내던진 동시에, 공중에서 검을 휘둘렀다.

부웅!

돌풍, 아니 검풍이 불어 불꽃의 방향을 뒤집은 덕에 통구이 신세는 면할 수 있었다.

"그건, 설마……."

요광을 가운데에 둔 주서천이 대경했다.

"화첨창(火尖鎗)?"

"보는 눈이 있군."

화첨창.

전설에서나 전해지는 신병이기이자, 법보다. 전해져 내려오는 말에 의하면 창의 길이가 여의봉처럼 자유자재로 늘었다 줄었다고 하며, 불을 내뿜는다고 한다.

"정말로 있었다고?"

말 그대로 전설 혹은 신화에나 나오는 무기.

과거 무림에 존재했다는 기록이 있긴 하지만, 지금에 와서는 낭설로 취급받는 물건이었다.

"이상한 것에 놀라는군."

요광이 담담하게 말했다.

"고작 스물하나에 화경에 이어 현경이라는 경지를 이룩한 자도 있거늘, 창 한 자루가 뭐 그리 대수라고."

요광은 현경의 조건에 대해선 잘 모른다. 하나 무인으로서 그 경지가 얼마나 아득한지는 알고 있었다.

주서천이 상천칠좌, 검신으로서 활약하고 있음에도 아직도 믿지 않는 사람이 있다.

현경은 그만큼 말도 안 되는 경지였다.

"……."

스스슥!

그사이 칠성사병이 주서천의 포위를 끝냈다.

개양성만큼은 아니지만, 그래도 요광의 친위대답게 한 명 한 명의 기도가 보통이 아니었다.

"마음 같아선 일대일로 승부를 내고 싶으나, 천기의 명이 있어 그러지 못하는 게 아쉽구나."

요광이 영 달갑지 않은 어조로 말했다.

"걱정 마라."

주서천이 왼손을 들었다.

"그렇게 될 테니까."

파바밧!

칠성사병의 뒤편, 열 명분의 그림자가 나타났다.

"소령."

"예."

주술로 여인으로 성장한 소령이 답했다.

"칠성사병을 처리해라."

"존명."

소령을 비롯한 열 명의 유령이 움직였다. 그 혹은 그녀들
이 움직일 때마다 사방에서 비명이 터졌다.

혹시 몰라 데려온 유령들이 도움이 됐다. 선박의 무게가
버티지 못할 것 같아 많이 데려오진 못했다.

"요광."

주서천이 차가운 눈으로 요광성의 우두머리, 파군을 담
았다.

"이곳이 너의 무덤이다."

파앗!

주서천이 유성이 됐다. 그 몸놀림은 번개와 같았다.

'후읍!'

잔상을 남기면서 사라진 그 몸은 요광의 눈앞에 나타났

다. 그야말로 찰나의 순간을 자랑하는 속도다.

숙!

휘두르는 소리조차 짧았다. 대기가 둘로 갈라지면서, 검이 매끄럽게 빠져나와 요광의 팔을 노렸다.

콰드득!

요광의 오른발이 뒤를 향한다. 발이 지면을 끌면서 발자국을 길게 만들어 냈다.

오른손에 쥔 창 역시 발과 함께 뒤로 쭉 빠졌다.

찌르기를 위한 자세. 그러나 너무나도 늦었다.

검신의 검은 진작 지척까지 다가와 그의 왼쪽 어깨를 노렸다.

'안 피해?'

주서천의 눈동자에 이채가 서렸다. 그 눈에 비춰지는 건 피하기는커녕 왼팔을 들이대는 요광이었다.

째애애앵!

명검, 용연이 요광의 좌완갑(左腕甲)에 부딪치며 금속음을 토해 냈다. 고막이 울릴 정도의 크기였다.

그 소리는 뒤편의 동굴을 통해서 증폭됐고, 동료를 끌어내리던 단리화가 괴로운 듯 귀를 막았다.

'막았다.'

주서천의 얼굴이 석상처럼 딱딱하게 굳었다.

'전력을 담아낸 무형검강을 막아 냈다.'

방금 전의 검격은 그저 빠르게 휘두른 것만이 아니다. 절대적인 절삭력을 자랑하는 무형검강을 담았다.

그것도 상당한 공력을 실었다. 호신강기를 두른 것도 아니고, 공격을 흘린 것도 아닌데 막아 냈다.

그 놀라운 사실에 주서천도 잠시 당황할 정도였다.

그 순간의 감정을 추스르기도 전에 요광의 공격이 당도하려 한다.

"훗!"

요광이 사납게 웃었다. 뒤로 내뺀 오른팔에 쥔 창대의 끝이 화염에 휩싸였다.

스윽.

창의 길이가 검만큼 줄어든다. 덕분에 지근거리에서도 창이 찌르기를 할 수 있는 환경이 됐다.

"크하아아아압!"

요광의 입에서 고함이 터져 나왔다. 사자후와 비견될 정도의 소리였다.

펑!

요광의 창이 힘 있게 뻗는다. 대기층에 연달아 구멍을 냈다. 짧아졌던 창의 길이가 동시에 늘어났다.

화르륵!

창끝을 휘감았던 화염이 개화하듯 퍼지면서 뿜어졌다. 그 기세가 악마의 혀가 넘실거리는 것처럼 사나웠다.

공기를 찢어발기고, 태워 버리는 창격이 주서천의 흉부를 노렸다.

'위험하다!'

피하기에는 너무 늦었다. 그래서 호신강기를 끌어 올려 두꺼운 막을 만들어 냈다.

콰앙!

"뭐……!"

주서천이 당황을 금치 못했다.

속도나 파괴력, 전부 화경의 수준을 상회했다.

무위의 이질감의 정체를 알 수 있었다.

"크윽!"

주서천은 신음을 토해 내면서 뒤로 쭉 밀려났다. 그가 밟고 있던 지면에 기다란 발자국이 났다. 심지어 화첨창에서 뿜어져 나온 열기가 지면을 뜨겁게 달구었다.

"화첨창으로 펼친 육합신창(六合神槍)의 일합(一合)을 상처 하나 없이 막아 내다니, 과연 상천칠좌로다."

요광이 옅은 감탄사를 흘렸다.

"육합신창?"

주서천이 놀란 듯 눈을 크게 떴다.

"창신(槍神)의 육합신창?"

"그렇다."

"아니, 이 미친놈들이 대체 무공을 얼마나 숨겨 둔 거야?"

황궁무고에 천하의 무공이 전부 잠들어 있다고 했는데, 암천회를 보니 아무래도 맞는 말인 모양이었다.

군부에 양가창법이 있다면, 무림에는 육합신창이 있다할 정도로 절세의 신공에 드는 창법이었다.

그리고 그 창법의 창시자이자 과거 무림의 천하제일인이었던 절대고수가 바로 창신이었다.

다만 언제 활동했는지도 자세히 알려져 있지 않고, 무엇보다 진전을 잇는 사람이 없어 유실되어 버렸다.

"그리고…… 그거 설마…….."

주서천은 말을 삼키며 요광의 갑주를 하나하나 뜯어보았다. 그의 얼굴에는 불안감이 묻어났다.

검강을 막으려면 같은 강기여야 한다.

용연 정도 되는 명검에 기를 두르면 막는 것도 약간 정도는 가능했다.

그래도 저 갑주처럼 아무렇지 않게 막는 건 불가능했다. 무형검강이라면 더더욱 그렇다.

단, 위와 같은 경우가 아니어도 막아 낼 수 있는 방법이

없는 건 아니었다. 하나 그 방법이란 것이 화경이나 현경의 경지를 이룩하는 것만큼 어려웠다.

아니, 경우에 따라서는 전자의 경우가 더 쉽게 느껴질 수 있을지도 몰랐다.

"만년한철! 만년한철이구나!"

강철 위에는 현철(玄鐵)이 있고, 그 위로는 백련정강(百鍊精鋼)과 한철(寒鐵)이 존재한다.

한철이 만 년에 걸맞을 만큼 수많은 세월을 묵으면 이 만년한철이 된다.

그 이명(異名)은 내무강기(內無强氣).

만년한철로 된 검은 강철을 두부처럼 자를 수 있고, 구속구로 쓰이면 절대고수조차 꼼짝할 수 없다.

그야말로 내공의 소모가 필요하지 않은 강기였다.

실제로 구속구의 경우, 무림맹의 지하 뇌옥과 소림사의 참회동에 각각 하나씩 존재했다.

문제는 결코 만년한철이 흔한 것이 아니라는 것.

순수하게 만년한철로 된 검이 있는지도 의문이다.

'뭐 저딴 게 있지?'

어이없음이 승천해 선인의 뺨을 후려칠 정도였다.

장비발!

화첨창에 만년한철로 된 갑주만으로 현경과 대등하게 싸

울 수 있게 해 줬다. 그것만으로도 대단했다.

'설마, 전부 만년한철로 되어 있는 건 아니겠지?'

만년한철은 워낙 희소하다 보니, 검에 조금 섞거나 혹은 비교적 양이 적게 드는 구속구에 쓰였다.

눈앞의 흑철갑 정도 되는 양을 모으는 건 사실상 불가능했다.

어떤 미친 자가 그따위 짓을 하겠는가. 차라리 분산시켜서 무구를 여러 개 제작하는 것이 낫다.

"아무래도 여기까지인 것 같군."

요광이 살의를 거두고 물러났다.

주서천은 무슨 꿍꿍이냐는 듯 요광을 쳐다봤다.

"천기가 말하더군. '주서천은 눈치가 빠른 편이니, 시간을 끌다가 패가 보일 때쯤 돌아오라.' 라고."

"시간을 끌어?"

주서천이 설마 하는 표정을 지었다.

"원한다면 더 싸워 줄 수 있지만, 일행과 얼마나 떨어졌는지 참고하기를 바란다."

"......!"

"승부는 다음으로 미뤄야겠구나, 주서천."

요광이 칠성사병들과 어둠 속에 녹아들었다.

"쯧!"

주서천이 혀를 차면서 몸을 돌렸다.

"소령! 파검봉과 탐색대원의 구출 및 호위를 우선으로!"

"명."

"웅권협은 포박해라!"

주서천이 눈치를 보고 있던 이출을 발로 뻥 찬 뒤, 일행이 있는 곳을 향해 몸을 날렸다.

주서천이 예상한 대로 천기는 인면지주의 수렵을 예상했다. 곁에 당가의 소가주가 있었으니 당연했다.

"생각한 대로 되지는 않을 것이다."

서릉협 내부의 기문진, 인면지주의 서식지는 천기에게 있어 손바닥 위에 놓여 있는 본거지였다.

인면지주는 도감부의 관리하에 둔 영물이니 당연했다. 무형지독의 재료 겸 내단으로 특히 신경 쓰는 것도 있었다.

제집처럼 파악하고 있는 본거지에다가 탐색대의 부대주는 암천회가 심어 둔 첩자이자 천추성이었다.

눈엣가시 같은 놈에게 타격을 입히기에는 천재일우의 기회였다.

"하늘 위에 하늘이 있다는 걸 느끼게 해 주마."

웅권협이 전해 준 정보를 토대로 작전을 계획했다.

주서천의 합류가 늦어진다는 점을 노렸다.

"노이요지(怒而撓之)."

손자병법의 시계 편에서 말하기를, 상대를 분노하게 만들어 적의 진영을 흔들어 놓으라고 하였다.

주서천이 분노를 삼키지 못하게 하고, 이성을 망가뜨려 상황 판단 능력을 빼앗는 게 진정한 목적이었다.

즉, 본래의 목표는 주서천 본인이 아니라 그 주변인들, 낙소월을 비롯한 화산파였다.

그래서 주서천이 화산파에 합류하지 못하도록 전력을 분산시켰다.

후에 도착할 주서천이 상황을 들을 수 있도록 금의검문을 남긴 것 또한 천기의 의도대로였다.

"둘 중 택일해야 한다면 조금이라도 손이 필요한 아군을 선택해야 하지. 나라도 그랬을 것이다."

사문의 전력이야 매화검수도 있고 하니 믿을 수 있지만, 청성파나 무림맹은 파악하기에는 정보가 부족했다. 그래서 도움이 더 필요할 것 같은 곳을 택했다.

웅권협의 경우 어디를 택해도 상관없었다.

화산파와 합류하면 습격에 가담하면 그만이고, 그 반대편일 경우 주서천의 발을 묶는 데 집중하면 된다.

요광은 중간 지점에서 대기하다가 탐색대가 나뉜 것을 확인하고 화산파가 아닌 반대편이 있는 곳을 택했다.

그리고 예상한 대로 주서천이 미끼를 물었다.

"화산파에서 얼마 없는 연이 무참히 살해당한다면 분노를 이기지 못하고 복수귀가 될지도 모르지. 그거야말로 바라는 바다. 또한, 그 성가신 독봉도 처리할 수 있으니 일석이조로다."

당가가 주서천과 동행하지 않을 것 또한 예상했다.

주서천 개개인의 무력이 부족한 것도 아니고, 눈앞에 누군가 있으면 신경 쓰여 달리는 데 방해가 된다.

웅권협은 계획을 전해 듣고 과연 이게 정말 성공할까 의구심을 품었다. 그만큼 도박성 짙은 작전이었다.

만약, 의도와는 달리 사문을 중시해 화산파를 택하면 어찌하겠는가. 그러나 그건 괜한 걱정이었다.

"주서천은 영웅이다. 현실을 모를 만큼 순수하거나 이상주의자는 아니지만, 그래도 눈앞에 보이고 힘이 닿는다고 생각하면 선의를 우선하여 움직이지."

설사 화산파를 택하고 당가를 반대편에 보내도 상관없었다. 당혜를 처리해도 충분한 이익이다.

그래서 요광도 소기의 목적을 달성하자마자 후퇴했다.

"주서천. 본 회와 척을 진 것을 후회하게 해 주마."

*　　　*　　　*

"하아, 하아……."

낙소월이 거친 숨을 토해 냈다.

"숙여!"

쐐액!

낙소월이 무릎을 굽히자마자 머리 위로 무언가가 지나갔다. 앞을 보니 암기가 거미의 턱에 꽂혔다.

"고마워요!"

거미와 격돌한 지도 어언 이 다경이 흘렀다.

쉬지 않고 싸워 왔지만 어째 거미는 줄어들 생각을 하지 않았다. 어둠 속에서 끊임없이 기어 나왔다.

부상자는 물론이고 사망자도 조금씩 늘어나기 시작했다. 만약, 도중에 지원이 도착하지 않았다면 지금쯤 그 피해는 걷잡을 수 없을 정도로 커졌을 것이다.

"끙, 밑도 끝도 없이 몰려드는군."

손일산이 거미의 머리를 발로 뭉개며 눈살을 찌푸렸다. 안 그래도 많은 주름살이 늘어났다.

그 옆에는 산처럼 쌓인 거미의 사체로 가득했다.

"좋지 않습니다."

몽각이 어두운 안색으로 말했다.

그의 호흡 또한 불규칙해졌다. 이마에는 땀방울이 송골

송골 맺히기 시작했다. 지쳤다는 증거다.

아무리 대문파의 제자이고 매화검수라고 한들, 내공에는 제한이 있다.

수백을 넘는 거미를 처리한 시점에서 내공이 바닥을 보였다.

"큰 것들도 문제지만, 작은 것들도 문제야."

담향이 성가시다는 듯이 검을 휘둘러 바닥을 훑었다. 잡초 사이로 숨어 있던 거미 무리가 피를 뿌렸다.

몸집이 늑대만 한 대형 거미와 다르게 일반적으로 알고 있는 거미처럼 손톱만 한 크기였다.

처음에는 그 크기를 보고 안심했으나, 극독을 품고 있을 것이라는 당혜의 경고에 생각을 바꾸었다.

사각사각!

사방이 거미 천지였다.

나뭇가지 위에서 거미가 떨어지고, 잡초가 무성한 대지에선 독거미가 자객처럼 은밀하게 다가왔다.

문제는 대형 거미가 신경 쓸 틈도 없이 공격해 온다는 점이었다.

"헉, 허억!"

질풍십객, 조춘의 안색이 그리 좋지 않았다. 낯빛이 샛노랗게 질리기 직전이었다. 숨이 상당히 거칠었다.

"끄응."

왕일 또한 마찬가지였다. 반응 속도가 눈에 띄게 줄었다.

화산파나 개방. 당가의 경우 명문지파답게 하나같이 내공이 출중했으나 금의검문의 경우는 아니었다.

상왕의 재력으로 약간의 영약 정도는 지원을 받긴 해도 한계가 있었다. 경지도 차이 나니 별수 없다.

키에엑!

동물의 감은 날카롭다. 영물이라면 더더욱 그렇다. 어떤 사냥감이 약한지, 지쳐 있는지 잘 알고 있었다.

대형 거미 중 하나가 조춘을 노리고 덤벼들었다.

"으, 으악!"

조춘이 뒤늦게 눈치채고 비명을 질렀다.

거미의 다리가 낫이 되어 조춘을 찍으려는 순간, 옆에서 섬광과 함께 검이 들어왔다.

"하앗!"

낙소월이 당찬 외침과 더불어 검을 직각으로 꺾었다. 하단에서 상단으로 올라오며 다리를 베었다.

대형 거미가 '캬륵, 캬르륵' 하고 비명을 내질렀다. 고통이 분노로 전환되면서 여섯 개의 눈이 번뜩였다.

사람이라면 치명적이겠지만, 거미에게 다리는 여덟 개. 아직 일곱 개나 남았으니 싸우는 데는 충분하다.

분노를 머금은 다리가 낙소월을 노리고 동시에 휘둘러졌다. 위에서 아래로, 좌에서 우로 향한다.

부피에 걸맞게 힘껏 움직이자 공기가 터지며 무거운 소리를 내뿜었다.

"위험……."

조춘이 경고하려다가 입을 다물었다.

채채채챙!

낙소월의 검이 현란한 움직임을 보였다. 웬만한 고수가 아닌 이상 눈으로 좇을 수도 없는 빠르기였다.

화살비처럼 쏟아져 내리는 다리를 아무렇지 않게 쳐 내는 그 위용은 입이 절로 벌어지게 만들었다.

완벽하게 막아 냈을 뿐만 아니라, 다리를 잘라 내거나 튕겨 내 균형을 무너뜨려 공격까지 가했다.

허리까지 늘어진 머리카락을 흩날리면서 펼치는 검초는 살벌하면서도 아름다워 무심코 넋이 나갔다.

결국 조춘의 목숨을 위협한 대형 거미는 낙소월의 검격을 버텨 내지 못하고 쿵 소리를 내며 쓰러졌다.

낙소월은 날숨을 내뱉곤 고개만 살짝 돌려 물었다.

"괜찮으세요?"

"가, 감사합니다."

조춘이 아직 넋 나간 얼굴로 대답했다.

'주 대장이 부럽다.'

무공도 무공이지만 미모가 보통이 아니었다. 먼지 바닥에 구르거나 거미의 피에 젖어도 빛이 났다.

낙소월에게 관심을 받는다면 질투의 대상이 되겠지만, 문제는 그 대상이 무림제일영웅인 주서천이다.

누가 봐도 잘 어울리는 선남선녀라서 그저 부러울 따름이었다.

"위험해!"

감상에 젖어 있는 것도 잠시였다.

"……!"

낙소월이 경고를 듣고 고개를 획 돌렸다. 그녀의 동공이 놀란 듯 축소됐다.

'이런!'

시간이 멈춘 듯이 천천히 흘러간다. 눈앞에 사체가 된 거미의 뒤편으로 수풀 속에서 무언가가 날아왔다.

빛이 반사되지 않도록 도신을 검게 칠한 비수였다.

하나도 아니고 대충 봐도 이십여 개를 넘었다.

파바밧!

낙소월의 검이 번개같이 출수됐다. 고개만 살짝 돌린 채라 즉각 반응이 가능했다.

숨을 멈추고 기맥을 순환하는 내공에 힘을 불어 넣었다.

상당한 공력이 용솟음치면서 속도를 올렸다.

채채챙!

비수 중 반은 어찌어찌 처리하는 데 성공했다. 나머지 반이 문제였다.

"어딜!"

경고해 준 장서은이 섬광을 내뿜으면서 검풍을 쏟아 냈다. 반 중에서 또다시 반이 날아갔다.

퓨붓!

"웃!"

낙소월의 입술에서 신음 소리가 흘러나왔다.

몇 자루밖에 남지 않아 어찌어찌 피해 냈지만, 전부는 아니었다. 팔뚝 부분을 스치고 지나가 버렸다.

"낙 사매! 괜찮아?"

장서은이 걱정으로 가득 찬 목소리를 높여 물었다.

"네, 전 괜찮……."

낙소월은 말을 잇지 못하고 그 자리에 주저앉았다.

"낙 사매!"

"비켜."

당혜가 몸을 날려 낙소월에게 당도했다.

"매복이다!"

손일산이 비수가 날아온 방향을 보고 외쳤다.

그 외침에 화산파가 날아오듯이 모여들어 낙소월을 보호하듯 빙 둘러쌌다. 나머지도 뒤따라왔다.

"상태는 어떻습니까?"

몽각이 정면에서 시선을 떨어뜨리지 않고 물었다.

"좋지 않아요. 비수에 극독을 발라 두었어요."

당혜가 낙소월의 옷깃을 젖히며 안을 살폈다. 쇄골에서부터 목 아래까지의 피부색이 변하고 있었다.

진맥을 해 보니 몸의 열은 펄펄 끓고, 기맥에 침투한 독기가 느껴졌다.

"제 목소리 들려요?"

당혜의 물음에 낙소월이 고개를 미미하게 끄덕였다.

"좋아요. 가부좌를 틀고 운기조식을 하도록 하세요. 등뒤에서 제가 도울 테니 해독에 집중하셔야 해요."

낙소월은 당혜가 말한 대로 가부좌를 틀었다.

낯빛은 새하얗게 질렸고, 땀은 폭포처럼 쏟아졌다.

"호법을 부탁드릴게요."

당혜는 낙소월의 등에 손바닥을 올리고 집중했다.

"첩첩산중이로구나."

담향이 혀를 차며 검을 쥔 손에 힘을 주었다.

"이 쥐새끼 같은 놈들, 당장 나와라!"

장홍이 열 받았는지 살의 어린 목소리로 소리쳤다.

"크흐흐!"

이에 답변하듯 음산한 웃음소리가 들렸다.

좌중의 시선이 수풀 너머 근원지로 향했다.

"틈이 보이지 않아 고생했지만, 그래도 만혈독(萬血毒)에 중독됐으니 됐다."

쿠웅!

수풀이 흔들었다. 아니, 숲 전체가 흔들렸다.

발걸음을 옮길 때마다 지진이라도 일어난 것처럼 진동이 느껴졌다.

"무, 무슨……."

탐색대원들의 안색이 시체처럼 새하얗게 질렸다.

그들의 눈에 비치는 건 태산처럼 느껴질 정도로 거대한 몸집을 자랑하는 초대형 거미였다.

보는 것만으로 그 위엄에 지배당할 정도의 크기였다. 족히 한 장은 되지 않을까 싶은 높이였다.

순간 그들은 목소리의 주인이 거미인가 싶었지만, 잘 보니 아니었다. 머리 위로 노인이 앉아 있었다.

옷인지 누더기인지 모를 것을 뒤집어썼는데, 역사 속으로 사라진 고문으로 빼곡하게 채워져 있었다.

"혈독노인?"

손일산이 노인을 보고 흠칫 놀랐다.

"클클클, 노부를 용케도 알아보는구나."

"혈교의 대마두가, 왜……!"

탐색대가 경악을 금치 못했다.

혈독노인은 악명 높은 혈교의 고수이며 주술사다.

정혈대전 이후로도 아직 중원 곳곳에 혈교의 잔당이 숨어 있다곤 했지만, 여기서 볼 줄은 몰랐다.

손일산은 의아한 표정을 지었다가, 곧 무언가 깨달은 듯 이를 뿌드득 갈며 소리쳤다.

"암천회로구나!"

"정확히 맞췄다."

암천회는 각 세력에 간자를 심어 두었다. 몇몇은 회유하기도 했다. 혈독노인이 후자의 경우였다.

혈마가 중원을 침공하기 전부터 천기성의 일원으로서 각종 주술로 암천회를 지원해 왔다.

"저 둘만 내버려 두고 물러난다면 특별히 너희를 고통 없이 죽여 주마."

혈독노인이 인심 쓰듯이 말했다.

살려 둘 생각은 조금도 없었다. 혈교의 마인답게 눈앞의 무인들을 주술의 재료로 사용할 생각이었다.

"헛소리!"

"쯧쯧쯧, 상주를 마다하고 벌주를 받겠단 말인가. 참으로 어리석구나.”

혈독노인이 왼손을 들었다. 소매가 걷히며 피부 위에 새겨진 기형학적인 그림과 글자가 드러났다.

사각사각!

주변을 포위한 거미가 조금씩 늘어난다. 그 외에도 머리부터 발끝까지 검은 칠성사병이 나타났다.

“너희를 처리하는 데…….”

“반 시진도 안 걸린다.”

서걱!

혈독노인은 기이한 경험을 했다. 눈앞에 평생을 함께한 손이 회전하면서 돌아가는 것이 보였다.

아직까지도 손에 감각이 남아 있어, 마치 꿈을 꾸는 듯했다.

“뭐가…….?”

“말 많이 하다가 일 망치라고 천기가 가르치디?”

누군가가 등을 보이며 혈독노인을 가렸다.

주변에서 그 누군가를 반기는 목소리를 내뱉었다.

“좋은 말할 때 인면지주 두고 가라. 그거 내 거다.”

도감부장이 무덤에서 벌떡 일어날 말이다.

第八章
혈어술법(血御術法)

"은공!"

왕일의 낯빛이 환해졌다.

"과연, 저 젊은이가……."

손일산은 검신을 만나는 건 처음이다. 들어 본 적은 있어도 본 적은 없었다.

"주서천?"

혈독노인의 얼굴이 참혹하게 일그러졌다.

손이 잘렸는데도 고통스러워하지 않았다.

"생각보다 빨리 왔구나."

인면지주의 서식지, 기문진 내부는 한낮인데도 언제나

어둡다. 앞이 보이지 않는 곳에서 울창한 밀림 지대를 뚫고 오는 건 서식지를 제집처럼 돌아다녔던 도감부원도 쉽지 않았다.

요광과 부딪친 것을 감안하면 더더욱 늦을 수밖에 없거늘, 이상하게도 일찍 도착했다.

"클클클, 뭐…… 상관없다. 목적은 달성했으니."

혈독노인은 손목을 짚어 피를 멈췄다. 한쪽 손을 잃었음에도 전혀 개의치 않아 하는 모습을 보였다.

"당가의 봉황이 독을 다루는 솜씨가 제법이라곤 들었지만, 그래 봤자 계집이니라."

'걱정이다.'

주서천은 고개만 살짝 돌려 낙소월을 살폈다. 그리 좋아 보이진 않았다. 해독을 돕는 당혜의 표정도 안 좋았다.

독봉이라 일컬어지는 독공의 대가가 애를 쓰는 걸 보면 생각 이상으로 위독한 건 아닐까 걱정됐다.

"노부의 만혈독은 한낱 미물이 아닌, 애뇌산의 독물들에게서 피를 뽑아 제조한 것으로……."

"닥쳐라."

혈독노인이 자랑스럽게 이야기를 시작하자, 주서천이 거슬린다는 듯 입을 다물게 만들었다.

그저 차갑게 쏘아붙인 것만이 아니다. 몸에서부터 흘러

나온 기세가 주변을 집어삼켜 압도했다.

"……!"

검신의 위용에 혈독노인이 몸을 흠칫 떨었다.

방금 전까지 잘난 듯이 떠들던 기세나 기분 나쁜 웃음소리도 없다. 고양이 앞의 생쥐 꼴과 같았다.

쿵!

얼음처럼 굳어져 침묵에 잠겨 있는 사이, 지면이 다시 흔들렸다. 초대형 거미, 인면지주가 정신 차리라는 듯 발을 굴러 압도당한 혈독노인의 사념을 없앴다.

"건방진 것!"

혈독노인이 주서천을 내려다보며 콧방귀를 꼈다.

"아무리 너라고 해도 이 정도 되는 수를 상대하며 누군가를 지킨다는 건 불가능할 게다."

계획이 틀어져 화산파의 전멸은 불가능하다. 하지만 최우선 목표인 낙소월의 목숨만이라면 앗아 갈 수 있었다.

"네 사매는 물론이고 당가의 계집도 저승으로 데려가 주마. 괜히 오지랖 떨지 않았으면 조금이라도 살 수 있는 기회가 있었을 텐데…… 참으로 어리석도다."

중독자의 해독을 돕는 건 생각보다 위험한 행위다.

자칫 잘못하면 독기가 옮겨질 수도 있고, 운기조식처럼 외부의 충격을 받고 주화입마에 빠질지도 모른다. 전자건 후자건 목숨을 보장할 수 없었다.

군이 주서천을 쓰러뜨리지 않아도 본래의 목적을 달성할 수 있다.

"지금부터 본 부대는 공격이 아닌 수비에 집중합니다. 낙소월과 당혜의 호법을 신경 써 주시기 바랍니다."

"해독이 끝날 때까지 버틸 생각이오?"

손일산이 물었다.

거미도 벅찬데 칠성사병까지 나타났다. 수를 대충 세어도 몇십 단위다. 얼마나 버틸지가 의문이었다.

"아니오."

주서천이 검을 빙글 돌려 고쳐 잡았다.

"그 전에 끝낼 거요."

무릎을 접었다 피면서 튀어 나갔다. 마치 활시위에 걸어 둔 화살이 쏘아진 것처럼 보였다.

'매화접무.'

잡초가 발목까지 자라 방해함에도 아랑곳하지 않고 초식을 전개한다. 나비가 너울거리듯 춤을 췄다.

"크아악!"

앞에 서 있던 칠성사병이 비명을 질렀다. 복면이 얇게 잘리면서 턱 부분도 위와 아래로 분리됐다.

매화처럼 흩날리는 피 안개 속에서 이십사수매화검법의

매화토염으로 요염한 기운을 내뿜었다.

주변의 광경이 녹아내리기 시작하자 혈독노인이 어림없다는 듯 미증유의 힘을 끌어 올렸다.

삼단전 중 중단전(中丹田)이라 일컬어지는 심장에서부터 혈기를 뿜어내 혈맥과 기맥으로 동시 순환한다.

혈기가 백회혈을 두드리면서 두뇌를 자극했다. 광기로 일렁이는 안광은 점차 핏빛으로 번졌다. 확장과 축소를 수차례나 반복하는 동공은 기괴하게 느껴졌다.

"노부의 혈어술법(血御術法)을 보여 주마."

혈독노인의 쉰 목소리가 숲 일대에 퍼졌다.

인위적인 감각 신호가 말초신경을 통해 척수로 들어간다. 교감과 부교감 신경이 몇 차례나 부딪치면서 여러 작용을 만들어 내는 동시에 척수가 각종 신호를 뇌로 전달해 특정한 파장을 만들어 냈다.

뇌에서부터 흘러나온 파장은 파도가 되어 주변을 집어삼켰고, 그중에서도 거미의 신경에 녹아들었다.

부르르르.

거미 무리가 일제히 몸을 떨었다. 세 쌍을 이루는 눈에서 흘러나오는 안광이 핏빛으로 물들었다.

뇌에서부터 내려진 명령은 거미의 혈액을 뒤흔들고 그 육체를 지배했다.

푸슈슈슛!

거미 무리가 일제히 방적 돌기에서 거미줄을 뽑아냈다. 새하얀 실이 그물처럼 퍼져 주서천을 덮었다.

하나도 아닌 수십 마리가 동시에 뿜어낸 거미줄이 한곳에 집중되자 설산처럼 쌓였다.

"혈어술법!"

개방도 중 누군가가 놀란 듯 외쳤다.

"거미를 수족처럼 부리는 것의 정체였구나!"

천하백대고수의 반열에도 올라온 혈독노인은 독공의 고수임과 동시에 타고난 재능을 지닌 주술사다.

혈독노인은 섭혼술을 즐겨 사용하며 그중에서도 혈어술법은 혈교 내에서도 내로라하는 상위 주술이다.

온몸의 기혈을 비롯하여 심장을 통해 감각 신호를 만들어 내고, 대상의 뇌에 침투, 혈액을 지배해 최종적으로 몸을 조종한다. 그게 혈어술법이었다.

다만, 능력은 강력해도 절대적이지는 않았다.

사람의 경우에는 뇌 구조가 복잡하여 까다롭고, 정신력이 강할 경우에는 잘 통하지 않았다.

소림사처럼 항마가 깃든 심법을 수련했다면 두말할 것없다. 조금도 침투할 수 없다.

그러나 이러한 몇 가지 성가신 점이 있음에도 혈어술법

은 무시무시한 위력으로 악명이 자자했다.

과거의 전쟁 도중, 초절정 고수가 조종당해 내부에서 날뛰어 전쟁의 패인이 된 경우가 있었다.

여러모로 혈마의 심상구현과 닮았다. 굳이 따지자면 하위 호환에 속했다.

'끝이다.'

혈목노인의 눈매가 초승달처럼 휘었다.

인면지주도 인면지주지만 그녀의 자식들 또한 영물이다.

체내에서 뽑아낸 거미줄의 끈적임이나 탄력은 보통이 아닌데 그게 집중되었으니 벗어날 수 없다.

"아무리 상천칠좌라고 한들……."

파앙!

거미줄이 한데 모여 만들어진 거미집. 그 중심에 사람만 한 구멍이 뚫리며 무언가가 튀어나왔다.

"상천칠좌가 뭐라고?"

주서천이 무심한 목소리로 검기를 뽑아냈다.

휘익!

애검인 용연을 휘두르며 초식을 잇는다.

예기를 품은 검기 다발이 정면에 뿜어졌다가 도중에 직각으로 꺾여 위로 치솟고, 이어 아래로 떨어졌다.

마치 수많은 매화 잎이 떨어지는 것 같은 광경이 혈목노인의 시야를 어지럽혔다.

사초식인 매개이도에서부터 칠초식 매화빈분까지.

순식간에 이십사수매화검법이 펼쳐졌다.

키에에엑!

캬악!

끼이이이익!

어지럽게 떨어지던 매화가 눈을 껌뻑이니 혈우(血雨)로
변했다. 거미의 몸에 수많은 검흔이 남았다.

"아아악!"

"컥!"

거미만이 아니다. 요광이 배정해 준 칠성사병들에게도
어김없이 비명이 터져 나왔다.

"무, 무슨……."

혈목노인이 믿기지 않는 듯 말을 더듬었다.

"어떻게?"

주서천은 거미줄은커녕 먼지 하나 묻지 않은 모습이었다.

이해할 수 없는 모습이었다.

"호신강기."

주서천이 아무렇지 않은 듯 친절하게 답했다.

거미줄이 분사되기 직전, 강기의 막을 반구형으로 펼쳐
막아 냈다. 그 증거로 사람만 한 크기의 구멍이 뚫린 곳의 내부가 반구형으로 비어 있었다.

"이익!"

혈목노인의 피부 위에 새겨진 고문이 벌레처럼 꿈틀거린다 싶더니, 격렬하게 움직였다.

핏빛으로 은은하게 빛나던 광채의 세기도 커지기 시작했다. 마치 감정에 반응하는 것처럼 보였다.

"오냐, 주서천! 검신이란 건 허명이 아니로구나!"

분노에 휩싸인 목소리가 숲 곳곳에 울렸다.

"하나, 혈마조차 넘어선 이 노부를……."

푹!

혈목노인의 목이 꺾이듯 뒤로 젖혀졌다.

'무, 슨……'

주서천이 왼쪽 손목을 털듯이 흔들더니만, 소맷자락 안에서부터 비수가 튀어나와 이마에 꽂혔다.

설마하니 검신이나 되는 정파의 절대고수가 암기를 던질 줄 몰랐는지, 생전의 그 얼굴은 황당함을 띠고 있었다.

털썩.

그 육체가 힘없이 옆으로 쓰러졌다. 인면지주에 올라 일행을 내려다보던 노마두는 지면으로 떨어졌다.

"혈마를 넘어서?"

주서천이 어이없는 듯 코웃음을 쳤다.

"혈마를 모욕하지 마라."

천마도 천마지만 혈마 역시 손꼽히는 강자다.

무공도 주술도 혈목노인은 그 발끝에도 미치지 못한다.

만약 혈마와 다시 싸우라고 하면 그 결과는 주서천도 장담할 수 없다. 특히 최후는 재앙 그 자체였다.

흑관이라는 법보를 이용해 육체를 자신의 것으로 만들었다.

"큭!"

"혈독노인이 당했다……."

생존한 칠성사병들이 당황했다. 설마 혈독노인이 저리 허무하게 당할 줄은 몰랐다는 얼굴이었다.

"어떻게 해야 하지?"

"임무를 수행한다."

천기는 낙소월의 사망이 확인되지 않으면 철수를 불허했다. 이대로 돌아가도 기다리는 건 죽음뿐이다.

"목숨을 버려서라도 낙소월을 사살한다."

"당혜는?"

"포기해도 좋다. 낙소월을 우선으로 해라."

"명."

칠성사병이 각자 쥔 병기에 힘을 주었다. 그들은 필사를 각오한 눈으로 내공을 끌어 올렸다.

'성가시다.'

주서천은 칠성사병을 보고 눈살을 찌푸렸다.

연대구품이나 천마군림보처럼 실체와 같은 허상을 만들어 낼 수 있다면 모를까, 그렇지 않으니 문제였다.

천기가 목적의 달성을 위해 힘 좀 썼는지, 눈앞의 칠성사병들의 무위가 절정에서 초절정뿐이다.

심지어 합격진에도 능한 건지 각자 조를 짜고 사방팔방으로 흩어져 덮칠 준비를 하고 있었다. 탐색대가 호법을 서고 있었지만, 하나라도 놓치면 큰일이다.

"지겨운 놈들! 겁 좀 먹고 도망쳐라!"

사병인 주제에 개개인의 무력이 몹시 대단한 데다가, 심지어 필사의 각오까지 거리낌 없이 한다. 방심하지 않는다는 점도 여전히 짜증 났다.

"주서천. 그만 좀 방해하고 죽어라. 부탁이다."

칠성사병이 진심을 다해 말했다.

주서천 탓에 희생된 동료들만 해도 수백 단위다.

딱히 동료의 죽음에 슬퍼하는 건 아니지만, 그다음 희생자가 자신이 될 생각에 한숨만 나왔다.

"목숨을 걸고 지켜라!"

담향이 호기롭게 외쳤다.

"부탁드리겠습니다."

주서천이 탐색대원을 흘겨보며 고개를 끄덕였다.

"살(殺)."

칠성사병 중 누군가가 명령을 내렸다.

양측이 부딪치려는 일촉즉발의 순간.

그 누구도 예상하지 못한 일이 벌어졌다.

"커허억!"

칠성사병이 피를 울컥 토해 냈다.

"무, 무슨……."

시선을 아래로 천천히 내려다봤다. 가슴에 뻥 뚫린 구멍 사이로 거미의 다리가 보였다.

푹! 푸욱!

"커헉!"

"아악!"

"끅!"

여기저기서 비명이 난무했다. 다행히도 아군의 것은 아니었다. 전원 칠성사병의 입을 통해 나왔다.

"……!"

주서천도 놀란 듯 눈을 휘둥그레 떴다.

'거미!'

난리의 원인은 제어에서 풀려난 거미였다.

스스스슥!

빛 한 줌 들어오지 않는 어둠에서 괴생물체가 기어온다. 보기만 해도 혐오스러운 거미가 점차 늘어났다.

장서은이 기겁하는 비명이 들렸다. 굳이 뒤편을 볼 것도 없이 주변에 거미의 무리가 까맣게 몰려들었다.

"사람…… 의…… 아이야……."

방금 전까지 일행을 농락했던 목소리.

"말도 안 돼!"

"이럴 수가!"

여기저기서 경악과 불신 어린 외침이 터졌다.

"혈독노인?"

목소리의 정체는 죽었을 거라 생각했던 혈독노인이었다. 여전히 이마는 비수에 꽂힌 채였다.

다른 게 있다면 등이었다. 바닥에 엎어져 있었는데, 등 위로 거미의 다리가 보였다. 시선을 따라가 보니 배 위의 무늬가 사람의 얼굴처럼 보이는 초대형 거미, 인면지주가 있었다.

"가증, 스러운, 노마에게, 서, 구해 준, 것을, 고맙게, 여기마."

무인들은 입을 열지 못했다. 혹시 꿈을 꾸고 있는 건 아닐까 하는 생각이 들었다. 믿기지 않지만 정황상 인면지주가 혈독노인의 발성 기관을 빌려 말하는 것이 틀림없었다.

하나 아무리 영물이라도, 거미가 사람의 신체를 빌려 사람의 말을 한다는 것 자체를 믿을 수 없었다.

"그, 답례, 로……."

"내단을 내놔라."

주서천이 검신에 강기를 실었다.

"큭큭큭, 괜한 반항 하지 않고 내단만 내준다면 너와 네 자식들의 목숨만은 살려 주도록 하지……."

뭔가 이상한 기분이 들었다.

"……."

정파의 영웅이 아니라 마도의 마두 같았다.

인성 파탄자로 불려도 할 말 없는 광경이었다.

그러나 인면지주가 사람의 언어를 사용했다는 사실에 대한 충격이 워낙 커서 유야무야 넘길 수 있었다.

"그리, 어렵, 지, 않은, 일, 이다."

"협상은 결렬인가. 할 수 없…… 응?"

"나의, 것은, 무리지, 만은……."

끼기긱.

인면지주의 배 아래로 열댓 마리의 거미 무리가 무언가를 들고 기어 나왔다.

"본 녀, 와, 같은, 종, 의, 수컷, 이다."

거미 중에선 짝짓기 중 암컷이 수컷을 먹잇감이나 위협으로 착각해 죽이는 경우가 존재한다.

인면지주의 경우가 그랬다. 그녀에게 수컷이란 번식을 위한 개체일 뿐 그 이상 그 이하도 아니었다.

배가 부르고 귀찮으면 내버려 두기도 하지만 대체적으로 짝짓기를 하려 근처에 오면 가차 없이 죽인다.

그중에는 그녀처럼 영물로 태어나 오랜 세월을 같이 지낸 동족도 존재했다. 이 내단의 주인도 그랬다.

'흐응.'

주서천이 거미에게서 내단을 건네받아 확인한다.

손바닥만 한 크기에 둥근 공의 모습이었다.

'가짜는 아닌 것 같고…….'

손에서 전해지는 기의 흐름이 보통이 아니었다.

아직 복용하기도 전인데 이 정도의 느낌이라면 그 효능은 두말할 것도 없다. 진짜배기가 틀림없었다.

'이 정도의 지성이라면…….'

좋은 생각이 떠올랐다.

"인면지주."

"말, 해라."

"거래하지 않겠나?"

"거, 래?"

주서천이 고개를 주억거렸다.

"믿을지 말지 자유지만, 이 서식지 밖에는 너희를 노리

는 무리가 존재한다. 그들은 너희의 내단뿐만 아니라 거미
줄 등을 노리고 있다."

"알고, 있다. 기억이, 나는, 군."

인면지주의 영험함이나 오성은 보통이 아니다.

혈어술법의 지배하에 있었음에도 전부는 아니지만 대부
분의 일을 기억했다.

그중에서도 가장 그녀를 괴롭혔던 건 거미줄부터 시작해
독이나 피를 억지를 뽑아내던 광경이었다.

혈독노인이 독공에도 조예가 있다 보니, 독이나 피를 뽑
아서 만혈독 등의 제조의 실험 재료로 사용했다.

"그 무리를 처리해 주마."

"흐, 응."

외부의 적이야 죽이면 그만이라고 생각할 수 있으나, 전
례의 피해를 생각해서라도 그럴 수 없었다.

인면지주는 삼십 년을 넘게 암천회에 지배당해 가축처럼
살아왔다. 그 고통은 말로 헤아릴 수 없다.

아이들의 경우는 지성이 낮아 잘 모르거나, 아예 인식조
차 못 하지만 높은 지성의 소유자인 그녀는 달랐다. 괜히
후에 중상을 입을 경우를 대비하여 숨겨 둔 동족의 내단을
시원스레 내준 것이 아니다.

"그대, 가, 원하는, 것은, 무엇, 인가?"

"독과 거미줄의 정기적인 제공."

혈독노인에 연결된 다리가 꿈틀거렸다. 만약, 은혜가 없었더라면 당장이라도 찢어발겼을 것이다.

"어디까지나 무리가 안 가는 선에 한할 거니 오해하지 마라. 너무 작지만 않으면 그 양은 네가 정한다."

"인간의, 욕심, 은, 끝이, 없다."

인면지주가 무얼 걱정하는지 단번에 이해했다.

독이나 거미줄은 그렇다 쳐도, 영물의 내단은 무림인에게 있어 돈으로 결코 환산할 수 없는 보물이다.

만약 이 사실이 알려진다면, 눈을 시뻘겋게 붉히며 달려들 게 뻔한 일이었다.

"이곳의 위치를 아는 건 극소수이니 걱정할 것 없다. 앞으로도 그럴 거고."

이 주변은 난해하고 무시무시한 기문진으로 감춰져 있다. 일반인은커녕 무림인도 쉬이 접근할 수 없었다.

"만약, 이후에 숲에 열 명 이상이 출입할 경우 너의 판단하에 죽여도 상관없다."

어차피 이 서식지에 방문할 이들은 정해져 있다.

당가의 적통 정도다. 서식지의 출입구이자 기문진의 생문의 위치를 알고 있는 사람들밖에 없었다.

참고로 서릉협에 오기 전, 탐색대원에게 기밀을 유출하

지 않겠다는 서약을 받았다. 당가에 대대로 전해져 내려오는 비밀인지라, 당유기가 요구했다.

'일반적인 무림 문파는 몰라도 당가에게 독과 거미줄, 내단 중 선택하라 하면 당연히 전자다.'

독인에게 있어서 극독이란 내단 이상의 가치를 지닌다. 녹안만독공을 수련했기에 이해할 수 있었다.

확실히 최소 천 년 이상의 세월을 지내 온 영물, 인면지주의 내단의 가치는 천고의 보물에 해당한다.

단기적으로 생각한다면 최고는 인면지주다.

하나, 장기적으로 생각한다면 무형지독의 재료인 거미줄과 독의 정기적인 제공이 최우(最秀)였다.

"……."

인면지주는 고민에 잠긴 것인지 침묵에 잠겼다.

기분 나쁠 정도로의 고요함. 그 고요함이 주서천을 포함한 일행을 긴장하게 만들었다.

만약 여기에서 거절한다면 어찌 될지는 뻔하다.

언제라도 싸울 수 있도록 마음의 준비를 했다.

표정이라도 살피면 좋겠지만, 거미의 얼굴 따위 자세히 봐도 알아볼 리 없다. 그저 기다릴 뿐이었다.

"받아, 들, 이지."

"정말인가?"

"괜찮, 은, 조건, 이다. 그리, 고, 어, 차피, 선택, 권, 은, 없으니까."

'대단하군.'

더 이상 영물치곤 똑똑하다 뭐다 하며 왈가왈부할 수준이 아니었다. 지금 어떤 처지에 놓여 있는지 파악하고 있으며 이해득실에 관해서 생각하고 답변을 내놓았다. 여기서 제안이 거절되면 사냥을 당할 뿐이란 걸 알고 있었다.

"주서천!"

협상이 타결되자마자 급한 목소리가 그를 불렀다.

무슨 일인가 하고 몸을 휙 돌렸다.

"두 사람의 상태가 그리 좋아 보이지 않는구나."

담향의 표정에서 다급함이 보였다.

주서천의 몸이 흐릿해졌다가 낙소월과 당혜 앞으로 나타났다.

"……!"

근처에 다가가자 역한 냄새가 풍겼다.

'검은 땀.'

악취의 정체는 검은 땀이었다. 독을 땀으로 배출하고 있다는 뜻이니 나쁜 건 아니었다.

그러나 두 사람의 표정이 그다지 좋지 못했다. 괴로운 듯 잔뜩 찡그리고 있었고, 낯빛도 좋지 못했다.

당혜까지 목 위로 피부색이 점차 변하고 있었다.

'이대로 뒀다가는 위험하다.'

정상적인 해독이라면 이렇게 괴로워하거나, 피부색이 안
좋을 리 없다.

낙소월만 그랬으면 모를까, 당혜까지 동일한 현상을 보
이는 걸 보면 중독이 옮았을 가능성이 컸다.

'어떻게 하지?'

촌각을 다투는 시간에도 주저함이 생기는 건 어쩔 수 없
었다. 낙소월 혼자서 고군분투하고 있는 것이라면 모를까,
이미 당혜가 접촉하고 있으니 섣불리 건드릴 수 없었다.

사람의 신체 내부에 타인의 기가 들어올 경우, 의도가 좋
다 할지라도 조심하지 않으면 큰일 난다.

만약 조금이라도 실수할 경우, 기가 뒤엉켜 제어를 잃고
폭주해 기혈을 망가뜨릴 수 있었다.

한 사람도 아니고 세 사람이나 되는 의지가 개입하면 무
슨 일이 벌어질지 알 수 없었다.

"흐읏!"

"……!"

낙소월의 신음 소리를 들은 순간, 홍수처럼 범람하던 주
저함이나 고민이 싹 사라졌다.

"호법을 부탁드리겠습니다!"

주서천은 낙소월과 그 등을 짚고 앉은 당혜의 옆에 앉아 삼각형이 만들어지도록 자리 잡았다.

"들릴지 안 들릴지는 모르겠지만, 그래도 혹시 모르니 미리 말해 둘게. 지금부터 내가 개입할 거야."

당연히 대답은 들려오지 않았다. 지금과 같은 상황에 섣불리 입을 연다는 건 자살행위다.

"자, 간다."

주서천은 손을 옮기기 전, 품 안에서 인면지주의 내단을 꺼내 입 안에 넣었다.

으득!

몇 번 씹기도 전에 물처럼 녹아내리면서 목 너머로 넘겼다.

위에서부터 녹아내린 영기가 몸 전체에 골고루 퍼지기도 전, 두 사람의 어깨 위로 손을 얼른 올렸다.

'……!'

자하진기가 침투한 순간. 모든 것을 이해할 수 있었다. 굳이 기맥을 타고 훑어볼 필요도 없었다.

'역시, 대강 예상한 대로다!'

아무 생각 없이 도움을 주겠다고 한 게 아니다. 나름대로 무슨 일이 벌어진 것인지 추측해 봤다.

독을 땀으로 배출한다는 건 해독은 원활하게 이루어지고 있다는 의미다.

그런데도 중독 현상이 지속된다는 건 해독의 속도가 중독을 따라가지 못할 가능성이 컸다.

'요컨대, 힘이 부족하다는 의미다.'

만혈독.

독혈곡이자 지옥으로 일컬어지는 애뇌산의 독물이 재료이니 그 위력이야 두말할 것도 없었다.

당혜가 아무리 독의 대가이며, 후기지수로서 심후한 내공을 지녔다고 해도 한계가 있기 마련이다.

수십 년 이상을 살아온 노마두가 심혈을 기울인 만혈독에는 이겨 내지 못했다.

'다행히 문제가 복잡하진 않으니 힘만 보태면 돼. 단, 이 경우에는 영기(靈氣)로 한한다.'

무림에는 벌모세수(伐毛洗髓)라는 게 있다.

절세고수가 내공으로 신체에 축적된 노폐물을 제거하고, 임맥이나 독맥 등의 기맥을 뚫어 주는 걸 말한다. 이럴 경우 무공을 익히기에 최적의 육체가 된다. 대부분 내공의 소비가 극심하여 잘 회복되지도 않고, 난이도도 상당해 그리 자주 사용되진 않았다. 그래서 대부분 생명이 얼마 남지 않거나 혹은 일인전승 문파에서 주로 사용됐다.

어쨌거나, 이 벌모세수란 것도 아무나 받을 수 있는 게 아니었다. 효능만큼 조건도 까다로웠다.

바로 어떠한 내공심법도 익히지 말아야 할 것. 즉, 무공을 수련하지 않은 자가 대상이었다.

타인의 기를 주입하는 건 그 행위 자체만으로도 위험하다. 시전자의 진기가 주입될 경우, 기존의 진기와 충돌하여 문제를 일으킬 가능성이 크기 때문이었다.

설사 동일한 심법을 수련했다 해도 마찬가지다.

사람의 육체란 생각 이상으로 복잡하다. 괜히 도가에서 소우주로 표현하는 게 아니었다.

강으로 생각하면 쉽다.

그 시작점은 같다 할지라도 누군가 돌을 던지거나, 혹은 물고기의 생태계나 주변의 지형 등으로 그 흐름이나 성질은 바뀌기 마련이다.

무인의 진기 또한 성별이나 연령을 비롯해 깨달음 등으로 성질이 완전히 같을 수는 없었다.

이렇다 보니 벌모세수의 대상은 기의 그릇, 단전이 생성되기도 전의 깨끗한 상태여야 했다.

이처럼 대신 힘을 보태려면 영약이나 내단처럼 비교적 중립을 띠는 영기로 해결해야 했다.

무림인이 성질이 좀 달라도 내단이나 영약을 복용하고 내공 증진이 가능한 것은 영기 덕분이었다.

물론 너무 극단적으로 치달을 경우 독으로 적용될 수는

있으나, 어떤 것은 그저 효력이 반으로 줄어드는 것만으로 끝날 때도 있다. 그만큼 범용성이 좋다.

'독기를 나에게 옮겨 대신 처리하는 방법도 있지만, 너무 늦었다. 이미 기맥이 상할 대로 상했는지라, 자칫 잘못하면 통로가 완전히 망가질 수도 있다.'

당혜가 선택한 수법이 이것이었다.

독기가 어떻게 해 볼 수 없을 정도로 많으니, 절반 정도를 부담해서 스스로 해독하는 방법이었다.

문제는 절반으로 나눠도 어떻게 감당할 수 없는 수준이라서 이 사달이 나 버렸지만 말이다.

'조절을 잘해야 해.'

인면지주의 영기의 양은 보통이 아니었다.

그 양과 질은 만년화리에 걸맞을 정도다.

두 사람이 평소의 상태라면 모를까, 지금처럼 비정상적인 몸 상태라면 독으로 적용될 수 있었다.

안 그래도 독기만으로 벅찬데 영기까지 쏟아진다면 신체의 균형이 순식간에 붕괴된다.

이 점을 유의해서 배분 또한 세심하게 나눠서 전달했다.

'임맥과 독맥을 노리고 영기를 보낸다. 임독맥 중 하나라도 타통한다면 해독에 큰 도움이 될 거야.'

부디, 그동안 문제가 일어나지 않기를 바랐다.

第九章
인면지주(人面蜘蛛)

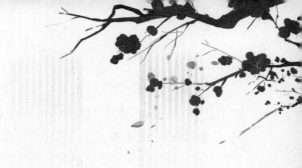

　수많은 세월을 보내 온 인면지주.

　그의 내단은 일평생 동안 쌓아 온 기운의 집합체였던 만큼 질적으로나 양적으로나 대단했다.

　주서천의 미세한 조정으로 인해 영기는 정확히 세 등분으로 나뉘어 그녀들에게 스며들었다.

　'만혈독.'

　어깨 부근 쇄골 상단의 오목하게 들어간 곳, 결분혈(缺盆穴)으로 들어가니 독기와 마주한다.

　오물에 닿은 듯한 기분 나쁨, 질척함으로 가득 찬 부정(不淨)의 힘이 기혈에서 날뛴다.

주서천은 영기를 등을 떠밀 듯이 밀어 넣었다.

굳이 쑤셔 넣는다거나 억지를 부릴 필요는 없다.

추진력을 불어 넣기 위해 살짝 미는 것으로 끝났다. 그 후부터는 두 사람이 알아서 해결할 일이다.

그래도 혹시 모를 사태에 대비해 손을 떨어뜨리진 않았다. 몇 걸음 물러서서 지켜봤다.

콰아아.

영물에서부터 생성된 기운은 두 차례 분배됐음에도 그 기세는 여전히 폭발적이었다.

폭포수처럼 굵은 줄기는 기의 통로에 들어서자마자 독기와 노폐물을 파도처럼 집어삼켰다.

'아⋯⋯!'

낙소월과 당혜가 속으로 탄성을 자아냈다.

독기에 침식되어 점차 흐릿해지던 의식이 깨어났다. 더 이상 물러설 곳이 없던 절벽에서 거미 무리가 기어 나와 그녀들을 가로질러 위협을 몰아냈다.

'지금이야!'

이 호기를 놓치지 않겠다는 듯, 내기를 제어했다.

외부에서 주입된 영기와 녹아들 듯 하나가 됐다.

여태껏 발버둥 치면서 지쳐 버린 힘이 원래대로 돌아왔을 뿐만 아니라, 전보다 몇 배 늘어났다.

그녀들이 처한 상황은 주서천이 추측한 대로였다.

최초에는 독기를 내공으로 태워 없애려 했다. 그러나 힘이 부족해 분해한 다음 땀샘으로 분출했다.

문제는 그 과정조차도 그녀들의 힘으로는 역부족이었던 것이다. 그렇다 보니 해독이 중독을 따라가지 못했고, 상황은 악화되기만 했다. 내기의 제어도 힘들어졌다.

결국 중간부터는 해독이 제대로 되지 않아 위험하던 찰나, 주서천이 알맞은 순간에 영기를 주입했다.

그 덕에 부족한 힘을 채우는 게 가능했다.

애뇌산의 독물에게서 모아 온 독혈이 사나운 독니를 드러낸다. 그러나 그 독물조차 대자연에는 이기지 못했다. 영기의 급류에 휩쓸려 사라졌다.

어찌어찌 운 좋게 빠져나가도 소용없었다. 그 앞에는 줄을 치고 기다리고 있던 거미가 있었다.

마치 소용돌이로 빨려드는 것처럼 흡수되어 양분으로 전환했다.

'아!'

'낯빛이…….'

노심초사하는 심정으로 지켜보며 가슴이 타들어 가던 화산파나 당가 모두 속으로 안도의 한숨을 내쉴 수 있었다.

샛노랗거나 푸르게 반복적으로 바뀌던 얼굴빛이 원래의

색을 찾았다. 표정도 한결 편안해졌다.

원래부터 기의 조절, 운기 능력은 천재답게 탁월했던 두 사람이다. 영기가 보충해 주자 해독이 빨라졌다.

또한, 끝까지 포기하지 않고 버텨 준 덕분에 최악의 사태를 면하고 위기에서 빠져나올 수 있었다.

'좋아. 이대로 임독맥을 뚫고 완전한 해독과 상위의 경지에 오를 수 있도록 돕는다.'

직접적으로 움직이진 않는 대신, 경로를 정해 줬다.

어디 방향으로 가야 하는지 눈치챌 수 있도록 영기에서 잔가지를 만들어 내 툭툭 건드렸다.

펑!

마침 벽에 미세하게 남아 있던 노폐물도 깔끔하게 사라졌다. 통로가 뻥 뚫리자 순환이 보다 빨라졌다.

'눈치챘다. 역시 두 사람이야.'

재능만 보자면 결코 이 둘을 따라갈 수는 없다.

어떤 생각을 품었는지, 또 무슨 의도로 잔가지를 쳤는지 금세 눈치채고 신속한 반응을 보였다.

최초 결분혈에서 시작된 흐름은 몸 곳곳을 돌아 독기와 노폐물을 씻어내고 단전으로 돌아갔다.

그리고 다시 단전에서 나온 영기는 척추를 따라 올라가 회음(會陰)을 시점으로 개통을 시작했다.

꼬리뼈인 미려(尾閭)를 지나 척추의 중간 지점인 협척과 더불어 대추를 찍고, 머리 뒷부분의 옥침(玉枕)을 지난 뒤 백회(百會)와 머리 정수리와 양 미간의 인당혈(印堂穴)을 타고 내려갔다.

목 앞의 정중선의 천돌(天突)에서 미끄러져 가슴의 정중앙인 단중을 돌파해 위가 자리한 중완(中脘)을 지나친다. 그 후 아래로 기를 받아들이는 바다, 기해혈(氣海穴)로 들어가 단전으로 되돌아갔다.

사념을 지워 내고 심기(心氣)를 일체(一體)하여 임독양맥(任督兩脈)을 타통해 소주천(小周天)을 끝냈다.

"후우……."

여태껏 참아 왔던 걸 토해 내듯, 숨을 깊게 들이쉬었다가 내쉬자 숨에서 나온 연기 같은 것이 머리 위로 올라가 세 개의 꽃의 형상을 만들어 내고 사라졌다.

"사, 삼화취정(三花聚頂)……."

누군가가 놀란 목소리를 냈다가 흡 하고 입을 손바닥으로 가렸다.

만약, 눈앞의 광경이 예의 그것이라면 목소리를 낸 것만으로 불구대천지수 취급받아도 할 말이 없다.

불행 중 다행인 건, 놀란 목소리를 낼 때쯤 두 사람이 이미 눈을 떴다는 점이었다.

"사형!"

낙소월은 바로 옆 사형의 손을 빼앗아, 양손으로 잡으며 후광이 비칠 정도로 환한 미소를 보였다.

"전부 사형 덕이에요!"

낙소월은 평소답지 않게 흥분한 듯, 주서천의 손을 꼬옥 잡으면서 말을 이었다.

"으, 응?"

주서천이 낙소월의 기세에 목을 움츠렸다.

"사형의 도움이 없었다면 중독에서 벗어나지 못했을 거예요. 무엇보다, 사형이 인도해 준 덕분에 깨달음을 얻고 화경에 오를 수 있었는걸요."

"……."

"독기만이 아니라 탁기를 배출하게 되면서 머릿속이 깨끗해져 제 자신을 되돌아볼 수 있었어요. 직접적으로 도와주시지 않고 길만 안내해 주신 것도, 제가 스스로 깨우치길 바란 거죠?"

"……응."

이참에 내단 좀 먹었으니 잘 흡수하라고 알려 줬다.

절세의 미녀가 코앞에서 손을 붙잡고 미소 지어 주니 끝내주게 기분이 좋아야 정상인데, 그럴 수 없었다.

경지의 벽을 부수고 상승에 올랐다는 사실로 환희에 차

있는 사매의 기분을 깨뜨리고 싶지가 않았다.

'아니, 왜 화경에 올라?'

인면지주의 내단의 힘이 대단하긴 하지만, 쪼개서 나누어 준 만큼 약해져 양맥을 뚫을 정도는 아니었다.

그 전에 해독을 비롯해 노폐물 제거 및 탁기 배출에 힘썼으니 거의가 아니라 완전히 불가능했다.

노력이 보태 주면 하나 정도는 가능할 것이라 생각해서 유도해 줬다. 그런데 터무니없는 결과를 냈다.

'도중에 깨달음을 얻어 자의로 뚫었다. 영약의 기운은 약간의 보조만 했을 뿐, 화경에 오르면서 억지로가 아니라 자연스럽게 뚫은 거야.'

촉각을 다루던 만혈독과의 싸움이 끝난 후, 약간의 여유가 생기면서 자신을 돌아본 모양이었다.

그 후 영약의 기운이 치솟으면서 기력을 채우고, 임독양맥을 연 다음 소주천해 화경에 들었다.

'스물에 화경?'

스물아홉 살인 파검봉보다 젊은 나이다. 보통 업적이 아니었다.

'뭘……'

너무 어이없어서 할 말이 나오지 않았다.

믿기지 않을 정도로 비현실적인 이야기였다.

전생의 매화검봉도 이 정도까지는 아니었다.

"사형에 비해선 부족하지만요."

물론, 스물하나에 심상구현을 성공시켜 현경이라는 지고
의 경지에 오른 주서천에 비할 건 아니다.

'아닌데.'

하나 그걸 감안하더라도 보통 업적이 아니었다.

아니, 더 대단했다.

'나야 회귀해서 이 정도까지 온 거고.'

인생을 이(二) 회 차 보내지 않았는가. 게다가 과거의 기
억을 이용해서 각종 기연을 쓸어 담았었다.

"대단하네."

경악하고 있는 와중, 바로 옆에서 목소리가 들렸다.

당혜가 부러운 듯, 아쉬워하는 표정을 짓고 있었다.

"아……!"

낙소월이 아차 하고 흥분을 가라앉혔다.

"저, 저기……."

"나한테 미안해할 이유 하나도 없으니까 그런 표정 짓지
마. 내가 부족했던 것뿐이니까."

당혜 역시 재능만으로는 결코 낮지 않다.

그러나 낙소월의 역량이 한 수 위였다.

화경이란 게 내공이 따라 준다고 누구나 오를 수 있는 경

지가 아니다. 그에 맞는 깨달음과 천운이 필요했다.

평범한 무인이라면 대부분 죽을 때까지 모른다.

천운이 닿아 봤자 죽음이 얼마 남지 않을 때다. 주서천이 이 경우에 해당했다.

낙소월과 달리 당혜는 재능도 천운도 부족했다.

"나도 소득이 아예 없는 건 아니야. 만혈독 덕에 독을 좀 더 다룰 수 있게 됐으니까."

내단의 기운으로 상당량의 내공도 얻었으나, 독인에게 있어선 부수적인 것에 해당했다.

당혜는 낙소월과 달리 만혈독을 전부 해독하지는 않았다.

독인에게 있어서 독기는 내공이자 곧 힘. 그래서 완전히 해소하진 않고 도리어 자기 것으로 만들었다.

원래라면 아버지인 당가의 가주조차 부담스러워할 수준이었지만, 영기의 도움 덕에 가능했다.

"그보다, 당신이 왜 그런 눈깔로 쳐다보는지 궁금하네. 소름 끼치니까 그만해 줬으면 해."

당혜는 자신을 빤히 쳐다보는 주서천을 기분 나쁜 듯이 흘겨봤다.

"아니, 뭐…… 의외라서."

"의외? 뭐가?"

"지금쯤 자존심이 잔뜩 상해서 '저만 화경에 올라서 미안 해요, 라니. 같잖은 동정하는 거야? 그런 기만은 그만두는 편이 좋다고 충고할게.' 라면서 인성 터진 독설을 낙 사매에게 퍼부을 거라고 생각했거든."

자존심으로 우열을 가릴 수 있다면 당혜는 우스갯소리로 상천칠좌에 들 수 있다. 그 정도로 드세다.

동일한 상황을 겪었음에도 누구는 화경의 올랐으니, 그녀 성격상 가만히 있지 않으리라.

"그런 게 아니니까요……!"

낙소월이 주서천의 말을 듣고 당황한 듯 어쩔 줄 몰라 했다. 그 모습이 안아 주고 싶을 정도로 귀여웠다.

"……흥."

당혜는 기분 나쁜 듯 눈살을 찌푸렸다가, 콧방귀만 끼고 몸을 휙 돌렸다.

'보는 눈이 많으니 내가 혼자 있을 때 죽여 버리겠다는 뜻인가? 밥 먹을 때 조심해야겠군.'

콧방귀의 의미를 해석하던 도중, 손일산이 다가와 말을 걸었다.

"할 말이라면 정말로 많으나, 하나만 묻겠소. 다 끝난 거요?"

"이런, 죄송합니다."

그제야 사람의 시선을 눈치챈 주서천이었다.

"호법을 서 주시느라 고생 많으셨습니다만, 수고스럽게도 한 번만 더 호법을 부탁드려도 되겠습니까?"

"그 정도야 딱히 어려운 일도 아니니 얼마든지 해 주겠소만…… 누구의 호법을 말이오?"

"접니다."

주서천 역시 신체 내부에 영기가 감돌고 있었다. 두 사람을 돕느라 흡수하지 못하고 내버려 두었다.

"허, 설마 그만한 걸 지금까지 품고 있었던 거요?"

손일산이 놀라는 것도 이상한 건 아니었다.

보통, 인면지주 정도 되는 영물의 내단을 복용할 경우에는 최대한 빨리 자기 것으로 갈무리해야 한다.

그러지 않으면 내단의 기운을 날숨으로 소실하거나, 체내에서 폭주해 신체를 망가뜨리기 때문이었다.

"상천칠좌가 그것도 못 하면 비웃음당합니다."

무공의 극의를 넘어선 단계, 현경 정도 되면 내가진기의 운용이 자유로워진다.

영약이나 내단을 복용하여 외부에서부터 흘러들어 온 기운 또한 마찬가지라서, 딱히 문제 되지 않는다.

날숨으로 영기가 빠져나가지 않도록 기맥이나 단전에 저장해 두는 묘기는 그리 어렵지 않은 일이었다.

"인면지주."

인면지주로 향하는 주서천의 시선이 좀 바뀌었다.

아무리 협상을 체결했다곤 하지만, 섣불리 믿을 수는 없었다. 틈을 보이면 배신할 것 같아 경계했다.

만약 낙소월과 당혜가 위급하지만 않았더라면 장소를 바꿔서 해독했을 것이다. 도중에 훼방이라도 놓았다면 주화입마를 초래했을지도 모르니 당연했다.

어쩔 수 없이 이 자리에서 도왔으나, 이성적으로 생각하면 어리석은 행동이었다.

다행히도 걱정했던 일은 일어나지 않았다.

"네 독이 필요하다."

주서천이 인면지주의 코앞까지 다가갔다.

"위험, 한, 일을, 생각하는, 군."

"눈치챘어?"

거미의 위턱과 아래턱 사이, 엄니 바로 밑으로 손을 내밀었다.

"주 대협!"

"검신!"

"주서천!"

곳곳에서 기겁하는 목소리가 들렸다.

아무리 믿는다고 해도 그렇지, 배고픈 맹수의 아가리 안에 머리를 집어넣는 격이었다.

마음 같아선 당장이라도 끌어내고 싶었지만, 자칫 잘못해서 인면지주가 흥분이라도 할까 봐 두려웠다.

　"괜찮습니다. 그리고 호법을 서되 제 근처로는 오지 않는 게 좋을 겁니다."

　나름 사람들을 안심시키려 했지만, 통하진 않았다.

　그래서 그냥 시끄러운 걸 뒤로하고 진행했다.

　"역시, 인간이란, 욕심, 의, 생물, 이로구나. 그 용맹, 함에, 경의를, 표한다."

　뚝.

　독니에 맺힌 시커먼 물방울이 손바닥 위로 떨어지자마자, 몸 내부에 그 독을 전부 흡수했다.

　그 자리에서 곧바로 가부좌를 틀고 운기조식에 들어갔다.

　그동안 사람들은 주서천이 말한 대로 근처에 가지 못하고, 그 주변을 맴돌면서 노심초사하게 지켜봤다.

　혹시라도 방해가 될 것 같아 이러지도 저러지도 못했다.

　그리고 한 시진 뒤.

　주서천이 미소를 지으며 감았던 눈을 떴다.

　'생각한 대로다.'

　왼쪽 눈이 녹빛으로 은은하게 빛나고 있었다.

　'만독불침(萬毒不侵)에 올랐다.'

　백독불침, 천독불침의 상위 경지.

만 가지 독도 침범하지 않는다고 전해진다.

정말로 정확히 만 가지인 건 아니지만, 그래도 사실상 그 어떤 독도 통하지 않는 전설상의 경지였다.

약 백여 년 전의 절대고수, 녹안만독공을 창공한 독마가 이 만독불침의 경지였다.

이론상 녹안만독공을 대성할 때쯤 이 만독불침에 든다곤 했으나, 중도만공의 제한에 가로막혔다.

현경의 절대고수인 데다가 천독불침이라면 웬만한 독은 통하지 않지만, 무형지독이 신경 쓰였다.

그래서 혹시 하는 마음으로 갖은 수단을 찾아보고 독왕에게도 물어봤지만, 존재하지 않아 체념했다.

차선책으로 인면지주의 거미줄을 얻지 못하도록 보급을 끊는 걸 택했었다.

그러나 인면지주를 본 순간, 기가 막힌 생각이 떠올랐다.

'인면지주의 기운을 전부 독으로 전환한다.'

독의 내성이란 건, 결국 면역력이다.

술을 마시면 늘듯이 독 역시 단계별로 복용하면 내성이 생기게 된다.

독공의 수련이 여기에 해당한다. 어릴 적부터 약한 독부터 먹여 가며 독기를 저장할 수 있도록 한다.

목숨이 위험할지는 몰라도 무척 효과적이었다.

주서천도 이 방법을 이용하기로 마음먹었다.

인면지주의 내단을 복용한다. 그리고 그 영기를 인면지주의 독으로 자극한 다음 전부 독기로 전환한다.

독공 중 신공의 반열에 드는 녹안만독공이 있으니 어렵지 않은 일이었다.

물론 독공을 수련한 이가 이 속내를 듣는다면 미쳤다고 기겁할 것이다. 이론상으로는 그럴싸하지만, 미친 소리였다. 자살행위나 다름없었다.

인면지주는 영물 중의 영물이며, 독물 중의 독물이기도 하다. 만혈독만큼은 아니어도 극독에 이르렀다.

한데 그 극독을 아무렇지 않게 받아들였을 뿐만 아니라, 영기로 융화한 뒤 증폭까지 시켰다.

아무리 나누었다곤 하지만 인면지주씩이나 되는 영기를 전부 독기로 전환한다면 살아남을 수 없다.

사람의 면역력이란 건 한계가 있기 마련이다. 무림인도 마찬가지다. 아무리 독공이라 해도 한계는 있다.

'녹안만독공, 천독불침, 중도만공.'

그러나 갖가지 요건이 이를 가능하게 만들었다.

녹안만독공으로 독의 제어는 문제없었다. 조금 버겁기는 해도 자유자재로 다룰 수 있었다.

영기가 인면지주의 극독에 녹아들면서 전부 독으로 전환

되자, 천하의 주서천도 조금 버겁기는 했다. 천독불침이 아니었더라면 사태가 위중했을지도 모른다.

마지막으로는 중도만공이 큰 역할을 했다.

중도만공은 무공 심법의 고유의 성질에 상관없이 다수의 무공이 공존할 수 있게 해 준다.

음양이기는 물론이고 마도의 기운조차 조화(調和)를 이루게 하는 게 그 원리였다.

이 원리를 응용하여 홍수처럼 범람한 독기가 체내에서 어울릴 수 있도록 거부감을 최소화했다.

그 결과 성공적으로 만독불침에 오를 수 있었다.

"인간의, 가능성은, 끝이, 없다고는, 생각, 했지만, 이 정도, 일, 줄이야."

유일하게 주서천의 생각을 눈치챘던 인면지주가 믿기지 않는 듯, 놀라운 감정을 드러냈다.

"사형!"

낙소월이 새처럼 날아오듯이 다가왔다.

상승의 벽을 허물고 화경의 고수가 된 만큼 움직임도 남달라졌다. 남들에게는 사라지는 것처럼 보였다.

"괜찮으세요?"

낙소월이 주서천을 올려다봤다. 걱정스러운 듯, 흔들리는 눈동자를 보면 절로 애처로운 느낌이 난다.

'아니.'

심장이 영 좋지 않다. 가슴이 터질 것만 같았다.

몸짓에 흔들리는 머리카락에서 은은하게 감도는 매향은 후각은 물론이고 뇌까지 자극했다.

"혹시 아직 편찮으신 건가요?"

사형에게서 아무런 대답이 들려오지 않자 낙소월이 어쩔 줄 몰라 하며 발을 동동 굴렸다.

"어흐흠, 괜찮으니까 걱정 마."

"정말로요? 절 안심시키려고 거짓말하는 건 아니죠? 그런 거라면 저, 화낼 거니까요."

쌍심지를 켜며 엄한 표정을 짓는 것조차 예뻤다.

"이거 봐, 피부색도 이렇게 멀쩡하잖아."

주서천이 소매를 걷어 팔을 보여 줬다.

낙소월은 팔 외에도 목이나 낯빛 등을 한참이나 이리저리 살펴보곤, 그제야 안도의 한숨을 내뱉었다.

그러곤 이내 눈썹을 찌푸리면서 잔소리를 퍼부었다.

"정말이지, 사형과 지내다 보면 간이 콩알만 해지는 것 같다니까요. 이게 몇 번째인지 아세요?"

행방불명은 기본이요, 어디 멀리 나가면 연락도 잘 되지 않는다. 아무리 무소식이 희소식이라고 하지만, 여태까지의 행보를 보면 도저히 안심할 수가 없었다.

실력이야 모르는 건 아니지만, 그래도 위험을 감수하는
일이 한두 번이 아니니 걱정이 들었다.

"하하하."

"웃을 일이 아니에요."

낙소월이 불만인 듯 볼에 바람을 불어 넣었다.

'심장에 남아나질 않네.'

팔불출처럼 보일지 몰라도 사실은 사실이다. 토라진 모
습조차 귀엽게 느껴질 정도였다.

그녀의 화를 어떻게 가라앉혀야 할지 어쩔 줄 몰라 할 때
쯤, 구원의 목소리가 들렸다.

"으악!"

"괴, 괴물!"

"이, 인면지주다!"

일행의 시선이 목소리의 근원지로 향했다. 수풀을 헤치
고 나온 건 반으로 갈라졌었던 탐색대였다.

"꽤나 놀랍네요."

파검봉, 단리화에게서 미성(美聲)이 흘러나왔다. 점혈법
은 도중에 구출한 탐색대에게 도움을 받은 그녀였다.

"웅권협은 왜 저 모양인가?"

손일산의 시선이 이출에게로 향했다. 정신을 잃은 채 죄
인처럼 나무줄기로 포박된 채였다.

"아무래도 서로 해 줄 이야기가 많은 것 같은데요?"

단리화가 앵두 같은 입술을 검지로 꾹 누르며 웃었다. 긴 속눈썹 아래의 눈동자에는 흥미가 감돌았다.

"양측의 사정을 전부 알고 있는 건 한 사람밖에 없는 것 같은데, 맞나요?"

시선이 한곳으로 몰렸다. 단연 주서천이었다.

주서천은 머리를 위아래로 흔들며 설명에 나섰다.

서릉협에 들어온 이후부터 요점만 뽑아 설명했다.

이출의 이름이 나올 때는 대부분 분노를 금치 못했다. 거미 무리가 움찔 떨 정도로 살기가 들끓었다.

"예상은 했으나 함정에 이리도 쉽게 걸려들 줄이야. 부끄럽군."

몽각이 혀를 차며 자책했다.

혈독노인이 등장한 후부터 무언가 잘못됐다는 걸 깨달았으나, 그때는 이미 늦은 후였다.

"웅권협."

손일산이 어느덧 정신을 차린 이출을 바라보았다.

"어찌하여 자네 정도 되는 사람이 정파를 배신한 겐가."

웅권협이라면 천하백대고수에 들기 전부터 약자를 돕고, 신의를 지키는 협객으로 유명했다.

젊었을 적부터 사리를 분별했으며 넘치던 혈기는 사람을

돕고 악인을 처벌하는 데 사용했다.

비록 역사에 남을 정도로의 위인은 아니었으나, 그래도 백성들을 비롯한 정파인에게 존경을 받았다.

괜히 이번 여정에서 부대주로 추천받은 게 아니다.

무공도 무공이지만, 누구보다 믿을 만한 협객이었다.

그 증거로 무림맹 출신 소속 무사들은 아직도 믿기지 않는 듯, 착잡한 표정을 짓고 있었다.

"어찌하여 배신했냐고 물었소?"

적의 가득한 눈초리가 손일산으로 향한다.

"나 정도 되는 사람이라면, 무얼 말하는 거요? 근본도 없는 무공으로 어쩌다 운이 좋았던 무인?"

이출은 비꼬듯이 물으며 코웃음 쳤다.

"웅권협…….."

"위선 떨지 마시오, 금주봉개. 역겨우니까."

이출이 사나운 표정을 지었다. 마치 성난 곰과 같았다.

"명문지파의 무인으로서 태어나거나, 거두어진 당신네들은 죽었다 깨어나도 내 심정을 모를 거요."

고아 출신이 응당 그렇듯, 이출 역시 어린 시절을 불우하게 보냈다. 한적한 촌에서 살다가 도적 떼에 습격당해 일가친척을 모두 잃었다.

이출은 노비로 팔려 나갈 뻔했다가, 운 좋게 도망치는 데 성공하여 중원 전역을 떠돌게 됐다.

얼마 지나지 않아 중소 문파의 문주의 눈에 들어 제자로 들어갔는데, 그곳이 바로 웅권문(熊拳門)이다.

웅권문은 그리 대단하진 않은 곳이었다. 문도도 이출을 포함해 여섯 명이었고, 문파 수준도 이류였다.

그래도 스승이자 웅권문주의 은혜에 보답하기 위해서 곰의 형상을 참조한 권법을 열심히 수련했다.

이출은 무공에 그럭저럭 소질이 있어 날이 갈수록 강해지긴 했으나, 호사만 있었던 건 아니었다. 강호에 잠시 출두해 있던 웅권문주가 불의의 사고로 그의 곁을 떠나게 된 것이다. 이후 이출은 평소 정의롭고 협의를 중요시했던 웅권문주의 뜻을 이어 강호에 출두해 사람을 도왔다.

적극적으로 나서서 여러 싸움을 겪으면서 상승의 경지에 오를 수도 있었고, 자랑스러운 별호도 얻었다.

그리고 바로 얼마 뒤에 무림맹에서 제의가 왔다.

'그래. 무림맹이라면 내 뜻을 펼칠 기회가 더 많을 것이다.'

스승은 항상 사문의 재건보다는 의협을 중시했다.

그래서 고민 끝에 무림맹의 제의를 받아들였다.

집을 잃고 어디로 갈지 모르는 어린아이를 구원했던 것처럼 누군가를 도와주고 싶은 마음이 강했다.

그러나…….

"무림맹은 썩었다."

무림맹이 오욕칠정에 휘둘리는 막장 집단까지는 아니었지만, 그 내부에선 정도와 어긋난 것이 존재했다.

바로 차별이었다.

"몇십 년 동안 노력해서 일군 무위로 협의를 이루어도 대문파가 아니라면 우습게 보이는 것이, 지금의 무림맹이다."

오대세가인 당가도 은연중에 무시받는 곳이 무림맹이다. 중소 문파 출신이라면 두말할 것도 없었다.

웅권협은 충분히 존경받는 무인임에도, 무림맹 내부에서의 취급은 참으로 미묘하기 짝이 없었다.

물론, 예상하지 못했던 건 아니다.

강호를 떠돌던 시절에도 정파의 철부지들이 명문지파라는 인맥만 믿고 거들먹거리던 걸 제법 봤다.

몇몇은 나이 먹고도 정신 차리지 못하고, 자존심만 드세별별 추한 짓을 하는 경우도 여럿 있었다.

하지만 정파의 중심인 무림맹까지 그럴 줄은 몰랐다. 중소 문파라는 이유만으로 온갖 무시를 당했다.

"정파 연합? 헛소리!"

이출은 울분에 가득 찬 목소리로 고함을 질렀다.

"무림맹은 정파 연합이 아니다! 구파일방과 오대세가로

이루어진 명문지파 집단일 뿐이지!"

언제는 한 번 이런 일이 있었다.

무림맹에 신설 부대가 생겼다.

이 신설 부대의 대주로 두 후보가 추천됐다.

첫 번째는 후보는 이출이 아끼던 수하였다.

비록 삼류 문파 출신이었으나, 전장에서 혁혁한 공을 세운 절정 고수였다. 부하들에게 인망도 두터웠다.

두 번째 후보는 구파일방 출신의 무인이었다.

무공이 부족한 건 아니지만, 그렇게까지 대단하진 않았다. 이제 겨우 절정에 오른 새파란 애송이었다.

인성이 나쁘거나 하지는 않았다. 그러나 이출의 수하에 비해선 실력도 경험도 부족했다.

당연히 대주가 되는 건 수하라고 생각했다.

그러나 그 결과는 달랐다. 대주직은 구파일방 출신의 무인에게로 돌아갔다.

"이보게나, 웅권협. 자네가 모르나 본데……."

"그 '어쩔 수 없었다' 라는 사정 말인가!"

이출이 분노의 일갈을 터뜨렸다.

"무림맹을 세운 건 구파일방과 오대세가일지 몰라도, 그 외의 정파인 또한 함께한 걸 왜 모르는가!"

이출도 현실을 모르는 어린아이는 아니다.

“그 기둥인 구파일방 출신을 무시한다면 불협화음을 만들 것이 분명하니까!”

순수함을 유지하기에는 나이가 너무 많았다.

“무슨 말인지 알고 있다! 어쩔 수 없다는 거, 잘 알고는 있다! 현실을 모르는 게 아니란 말이다!”

무림인, 특히 정파인은 명예를 누구보다 중요시한다. 목숨보다 소중하게 여긴다.

자존심이 밥 먹여 주냐고 묻는다면, 답은 ‘그렇다.’이다.

“하지만! 그래선 안 되잖나!”

구파일방 출신 제자가 한낱 무림맹 소속 무사, 삼류 문파 출신에게 진다면 그 명예도 떨어진다.

문제는 명문지파 등의 정파인들이 이 점을 지적하면서 옛날 같지 않다며 비웃는다는 것이었다.

우습게도 그것만으로 무림맹 내부에서도 발언권이 줄어들고, 무시까지 당한다.

“우리는 정도를 걷는 사람이지 않은가……!”

그러면 정식제자나 속가제자도 줄어들고, 밥줄도 끊길 수밖에 없다. 의뢰 역시 줄어든다.

정파 무림의 경제는 곧 자존심이며 명예였다.

“이 위선자 새끼들아!”

그래서 강호의 협객은 천추성이 됐다.

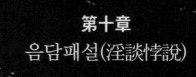

第十章
음담패설(淫談悖說)

　웅권협, 이출의 외침은 정파인의 마음을 흔들었다.

　'머리로는 이해 못 하는 건 아니다.'

　무림맹, 아니 정파에선 확실히 출신을 중요시한다.

　유구한 역사와 더불어 강력한 무공, 무림에 끼치는 영향력 등이 있으니 대접받는 건 당연했다.

　문제는 이러한 대접이 과도해지는 것이 문제였다.

　이는 분명히 잘못된 문제다.

　"공자 왈, 군자주이불비(君子周而不比) 소인비이부주(小人比而不周)라 하였다."

　군자는 사람을 넓게 사귀되 패거리를 짓지 않고 소인은

패거리를 지을 뿐 사람을 넓게 사귀지 않는다.

논어에 수록된 말이다.

"정파인이 아닌, 구파일방과 오대세가만을 위한 현 무림 맹 따위는 무너져야 할 필요가 있다."

이출은 혐오 어린 눈으로 주변인을 둘러봤다.

"공과 사를 구별하지 못하게 된 파벌이 차별을 낳는 순간, 무림맹의 운명은 끝난 것이다."

증오로 맹렬하게 타오르는 눈빛은 잠시 가라앉으며, 주서천의 바로 옆인 당혜에게로 향했다.

"독봉, 그대 역시 그 점을 잘 알고 있지 않나. 독공이라는 연유만으로 얕보이고, 무시당한 일을 말이다."

"……."

"구파일방과 오대세가 내부에서도 공공연한 차별이 존재하니 우스울 일이지."

이출은 이죽거리면서 말을 이었다.

"그대의 오라비 역시 일찍이 무림맹의 위선과, 그 부당함을 깨닫고 천추성을 이끌게 됐다. 비록 오대세가의 소가주이나, 혜안을 지닌 분으로 푸대접이 아닌 존경을 받아야 할 사람이다."

기득권층을 향한 이출의 분노는 막대하였으나, 당명인 같은 사람은 제외였다.

그에게 당명인은 도리어 강요받은 희생을 수행하였음에도, 주어지는 특권을 거절한 채 잘못된 걸 고치려 하는 이였다.

"그러니, 그대 또한……."

"헛소리하지 마라."

주서천이 이출의 말을 가로막았다.

"무슨 말을 하려는 건지, 또 무얼 지적하는 건지는 잘 알고 있다. 하나 그게 정당화될 수는 없다."

"주서천……!"

"암천회, 천기는 사람의 마음에 교묘하게 파고들어 감언이설로 그럴듯하게 회유하여 남의 이상을 사익에 이용하는 것에 불과하다."

확실히, 무림맹은 잘못됐다. 그걸 부정하진 않는다.

이출의 지적은 옳았다.

물은 고이면 썩기 마련이며, 친목이 과도하면 파멸을 부른다.

약자를 돕고, 신의를 지키며, 나아가 무림의 안녕과 평화를 위한 공공 집단이 시간이 흐르면서 구성원의 이익을 위해서 사유화되는 건 잘못된 건 맞다.

사도천처럼 개인의 권리 및 이익이 목적이었다면 또 모른다. 정도인 무림맹이 그래선 아니 됐다.

전생의 역사에서도 비스름한 일이 많았다. 무림맹의 기득권층에 신물이 난 이들이 돌아서기도 했다.

무언가 변화가 있을 것이라는 말에 암천회에 입회하여, 여덟 기관의 일원이 됐다.

"정녕 잘못된 걸 알고 있다면……!"

"의도는 좋았지만, 방법이 잘못됐다는 말이다!"

주서천이 고함을 내질렀다. 그 외침에 주변인들이 깜짝 놀랐다.

"정말로 올바른 길을 걷고 싶었다면, 잘못된 걸 고치고 싶었다면 암천회만큼은 택하지 말았어야 해!"

"……."

"사람이건 동물이건 간에 온갖 생명체를 제물로 써 대는 피에 미친놈들이나, 힘이 곧 전부라면서 면죄부인 양 지껄이는 마교를 끌어들인 놈들을 믿다니, 제정신이냐?"

설사, 암천회의 진정한 목적이 기득권층의 부조리를 없애는 것이라 해도 한참은 잘못됐다.

"상황에 따라 필요하면 죄 없는 사람은 물론이고 아무런 관련 없는 사람조차 끌어들여 희생시키는 게 암천회다!"

전란의 시대.

정말로 많은 사람이 죽었다.

눈을 감으면 아직도 그 광경이 잊혀지지 않는다.

시체는 산을 이루고, 피는 강을 만들었다. 가족 잃은 사람의 절규가 귓가에 감돌았다. 고통으로 가득 찬 비명 소리가 마음을 파고들어 괴롭혔다.

수십 년 동안 쉬지 않고 이어진 전쟁으로 인해 백성들은 기근과 질병으로 허덕였다. 그야말로 대학살이었다.

다시는 일어나지 말아야 할 일이다. 그러나 일어나 버렸다. 인생을 다시 사는데도 막지 못했다.

그저 피해를 최소화할 뿐이다.

"어떤 목적을 가졌건 간에, 목적을 위해 각 세력을 약화시키려고 전쟁을 일으키는 천하의 개쌍놈 새끼들이랑은 상종하지 않았어야 한다."

전쟁만큼은 일어나지 말아야 한다.

"모든 것은 전쟁만으로 해결되는 것이 아니야."

어떤 이유로도 생기지 말아야 할 다툼이었다.

"어…… 지…… 않…… 가……."

이출이 무어라 중얼거렸다.

"어쩔 수…… 없지…… 않은가……!"

웅권협이 고개를 떨군 채 중얼거렸다.

머리 아래로 물방울이 떨어졌다.

*   *   *

인면지주의 탐색 및 조사 임무가 끝났다.

이출은 그 후 넋을 잃은 것처럼 아무 말도 하지 않았다. 벽곡단과 물을 건네면 조용히 삼킬 뿐이었다.

탐색대는 인면지주에게 도움을 받아 사망자의 시신을 거두었다. 백 명이었던 탐색대는 칠십으로 줄었다.

주서천은 거미의 다리에 의해 몸이 찢긴 동료를 보고 순간 화를 참지 못했으나, 혈독노인을 떠올리며 참았다.

인면지주를 비롯한 서릉협의 영물은 혈어술법에 의해서 조종당했을 뿐, 어떠한 잘못도 없다.

시신을 수습하고, 부상을 치료한 다음 출항을 준비했다.

"정리도 끝났으니 슬슬 가 보겠다."

"다시, 한 번, 감사, 한다."

인면지주가 여섯 개의 눈을 빛내며 인사했다. 어째 감사의 인사가 아니라 위협같이 느껴진다.

"이쪽도 신세 졌으니 그리 고마워할 필요는 없어."

주서천이 살짝 웃으면서 답했다. 인면지주가 고마움의 표시로 건넨 내단은 여러모로 큰 도움이 됐다.

"그럼, 앞으로도 잘 부탁하겠다."

"이 또한, 연이며, 운명이니, 겸허히, 받아, 들이겠, 다."

인면지주가 물러나며 어둠 속으로 사라졌다.

얼마 지나지 않아 선박 또한 서식지를 떠났다.

"전원, 무림맹으로 갑니다."

인면지주의 서식지 자체가 암천회의 함정이었다.

또 어떤 위험이 도사리고 있을지 모르니 흩어지는 건 좋은 생각이 아니었다. 무엇보다 이출의 호송이나, 사상자의 이송에도 인력이 필요한 점이 컸다.

장강의 삼협, 서릉협의 물살 위에 올랐다. 그래도 물살이 빠른 만큼 속도는 붙었다.

"주서천."

선상 위에서 바람을 쐬던 중, 당혜가 찾아왔다.

"무슨 일이야?"

'독이 통하지 않으니 날 강 밑으로 밀어 버리려고?'

주서천이 몸을 돌려 경계하는 모습을 보였다.

"……고마워."

"뭘?"

방심하게 하려는 건 아닐까 하는 생각이 들었다.

"그냥, 전부. 목숨을 빚지기도 했고……."

만약, 주서천의 도움이 없었더라면 독의 대가인 당혜라 할지라도 목숨을 보장하지 못했을 것이다.

심지어 무림인에게 있어서 목숨보다 값진 영물의 내단을 일부긴 하지만 나누어 받았다.

낙소월만큼은 아니지만 그래도 축적한 내공의 양이 늘어났을 뿐만 아니라, 독공도 일취월장했다.

그녀가 아무리 자존심이 높다지만, 기연을 선사해 준 은인을 모를 정도로 배은망덕하진 않았다.

"이것도."

당혜가 품 안에서 호리병을 꺼냈다. 그 내부에는 인면지주를 비롯한 독물의 독이 담겨 있었다.

독인에게 귀하디귀한 극독이다. 하나 그것만으로 끝나지 않는다. 중요한 건 정기적인 제공이었다.

주서천은 인면지주에게 암천회를 비롯한 외부의 침입으로부터 보호해 준다는 약조하에 상급의 독과 거미줄을 제공받기로 했고, 그 대상을 당가로 지정했다.

독인에게 있어서 상급의 독은 무기요, 곧 영약이다. 그걸 무료로 제공받는 건 크나큰 축복이었다.

"당신이 인면지주에게 내 얼굴을 기억하게 만들어 준 덕분에, 아버님께서도 이 일에는 앞으로 섣부르게 개입할 수 없을 거야. 여차하면 인면지주를 찾아가서 세가에 제공하지 않도록 만들면 되니까."

"그래."

향후 세가 내에서의 당혜의 위상이나 영향력이 얼마나 높아질지는 굳이 말하지 않아도 알 수 있었다.

"이렇게까지 해 주다니…… 정말로 고마워"

이번만큼은 진심에서 우러나오는 인사였다.

평소의 비꼬는 어조도 아니었고, 빈말도 아니었다.

너무나도 큰 빚을 졌다. 몇 번이나 감사 인사를 해도 모자랐다.

당혜는 손을 공손히 모아, 허리를 숙이려 했다.

"그야……."

당혜는 누군가가 허리를 받치는 느낌이 들었다.

이내 주서천의 허공섭물이란 걸 깨달았다.

"도와 달라고 했으니까."

머리를 들자 주서천이 부드럽게 짓고 있는 게 보였다. 산들바람이 그의 머리카락을 스치고 지나갔다.

"그러니까……."

두근. 두근.

왜 그런지는 모르겠다. 그저, 심장이 뛰었다.

당혜는 손을 가슴으로 모으고, 숨을 멈췄다.

화산파 청년 도사의 다음 말을 기다렸다.

"아까 전에 놀린 거, 사과할 테니까 앙심은 그만 내려놓고 밥 먹을 때나, 잠잘 때 독을 풀지 않겠다고 약속해 주지 않겠어?"

"당신을 죽일 거야."

당혜가 서릿발 내리는 목소리로 대답하며, 호리병 뚜껑을 당장이라도 열 기세를 보였다.

"호호호."

배의 한구석에서 웃음소리가 들려왔다.

주서천이 난간에서 물러나 진정하라는 듯이 손사래를 치다가, 웃음소리의 근원지로 시선을 돌렸다.

"파검봉?"

"검신이라는 분이 어떤 분인지 알고 싶었는데, 생각보다 재미있는 분이시네요."

단리화가 요염하게 웃는 얼굴로 걸어 나왔다. 먹빛을 띠는 죽립을 쓰고 있는 게 특징이었다.

"오랜만이에요, 단 언니."

당혜가 이맛살을 찌푸리며 단리화에게 인사했다.

대놓고 썩 반기지 않는다는 분위기를 풍겼다.

"그러게. 용봉회(龍鳳會) 이후니 꽤나 오랜만이네."

정파의 후기지수, 오룡삼봉은 정기적으로 모임을 갖는데, 그게 바로 용봉회다.

그러나 무림의 정세가 심상치 않게 변한 후로는 폐회(閉會)됐다.

'언니…….'

당혜가 누군가에게 언니라고 부르는 모습이 흔치 않다

보니, 나름대로 신선하게 느껴졌다.

다만 어조는 전혀 친근하지 않아 기이하기도 했다.

"안 본 사이에 단 언니께 몰래 엿듣는 취미가 생겼는지는 몰랐어요. 아니면, 원래부터 있었던가요?"

"어머나, 그럴 리가 있겠니. 동생이 무언가 오해하고 있는 것 같은데, 난 그저 동생처럼 검신께 감사 인사를 전하러 온 것뿐이란다."

단리화가 입술을 적시면서 엷게 웃었다. 당혜의 독설을 아무렇지 않게 흘리는 게 인상적이었다.

"……."

당혜는 마음에 안 드는 듯 입술을 질근 깨물었다.

'응?'

평소 한마디라도 지지 않으려는 당혜였다. 그런데 별말하지 않고 물러나니 조금 이상했다.

마치 단리화를 껄끄럽게 여기는 것처럼 보였다.

단리화는 죽립을 벗고, 주서천에게 인사했다.

"숲에선 신세를 졌어요. 검신께서 도와주시지 않았더라면, 지금쯤 차가운 바닥에 누워 있었을 거랍니다. 목숨을 구해 주신 점, 진심으로 감사드리는 바입니다."

"아닙니다. 당연한 일을 했을 뿐이니 신경 쓰지 마십시오."

"겸손하시기까지 하다니, 그야말로 정도의 영웅이시군
요."

주서천은 머쓱한지 뒤통수를 긁적였다.

단리화는 주서천을 올려다보며, 생긋 웃었다.

"생명을 빚졌으니, 그 빚을 부디 검신께 갚을 수 있도록
해 주세요."

"아닙니다. 정말로 괜찮습니다."

"아니에요. 무림인으로서 어찌 은원을 가볍게 여길 수
있겠어요?"

단리화는 무언가 떠오른 듯, 짓궂은 웃음을 지어내며 속
삭이듯이 말했다.

"아, 그 보답으로 음양화합이라도 할까요?"

"……."

주서천이 할 말을 잃었다.

"제발 입 좀 다물어!"

당혜가 끔찍한 것이라도 들은 듯, 소리를 빽 질렀다.

"어머나, 입 좀 다물라니, 말이 심한 거 아니니?"

단리화가 말과는 다르게 쿡쿡 웃었다.

"그리고 남녀가 검을 부딪치면서 화목하게 좀 어울리자
는데 그게 그렇게 문제 삼을 일인가?"

단리화의 눈매가 초승달처럼 휘었다.

"혹시, 무슨 이상한 생각을 한 건 아니겠지?"

"……."

당혜가 입술을 질끈 깨물며 몸을 부들부들 떨었다.

부끄러워서 그런지 아니면 화가 나서 그런지는 모르겠으나 얼굴에 열이 오른 듯, 빨갛게 물들었다.

"물론, 거짓말이야. 성(性)적인 의미였단다."

"죽……."

"안 돼요!"

당혜가 독설을 퍼붓기 전, 제삼자의 목소리가 끼어들었다.

"낙 사매?"

낙소월이었다.

눈썹을 사납게 치켜뜬 사매는 세 사람 사이로 성큼성큼 걸어와 단리화의 앞을 가로막았다.

"두 사람을 놀리는 건 그만둬 주세요."

낙소월이 경계의 눈초리로 단리화와 마주 봤다.

"무엇이 말인가요?"

"짓궂으시네요."

낙소월은 물음에 답하지 않고 자연스레 흘렸다.

"후후."

단리화는 옅게 웃으며 흥미 어린 눈빛을 빛냈다.

"화산의 정예인 매화검수에 섬서제일미가 있다고 들었는데, 소저께서 그 유명하신 낙소월 소저시군요."

"청성파의 파검봉을 뵙게 되어 영광이에요. 만나서 반가워요."

현 후기지수 중 맏언니인 파검봉은 강호의 여고수로서 무림의 여인들에게 동경의 대상이었다.

남녀 할 것 없이 넋을 잃게 하는 미모도 미모지만, 일찍이 후기지수에 오르고 화경의 성취를 이룬 그녀의 업적은 주서천 등장 이전에 최고라 할 수 있었다.

훗날 미래에선 그다지 활약하지 못하고 전장의 이슬로 사라졌지만, 현생에선 나름대로 유명했다.

"괜찮다면, 이것도 인연인데 안에서 차 한 잔이라도 할까요?"

"아니요. 괜찮습니다."

"단칼에 거절하시다니, 조금 상처네요."

말과는 다르게 살며시 미소 짓는 단리화였다.

"나중에 기회가 있다면 낙소월 소저와 화합하고 싶네요."

"비무라면 얼마든지 받아들일게요."

"물론, 성적인 의미예요."

"……."

낙소월도 이번에는 무리였는지, 얼굴을 붉혔다.

대신 괜히 자극해서 더 놀림 받는 일이 없도록 입을 꾹 다문 채 아무 말도 하지 않았다.

단리화는 낙소월을 재미있다는 듯이 바라보다가, 이내 시선을 그녀의 너머 주서천 쪽으로 돌렸다.

"갑작스럽게 농을 던져서 실례했어요. 그러나 검신께 깊이 감사드리고 있는 건 사실이랍니다."

"아, 아닙니다."

설마하니 여인. 그것도 정파의 후기지수인 봉황이 음담패설을 할 줄은 몰라 주서천 역시 당황한 기색이 역력했다. 파검봉의 입담이 범상치 않다는 소문 같은 것도 없어서, 혹시 장난을 치는 건 아닐까 싶었다.

"그러면, 분위기도 흐린 것 같으니 이만 물러가 보도록 할게요. 어차피 친해질 시간은 남았으니까요."

입가에 맺힌 미소가 좀 더 진해진다. 가늘게 뜬 눈에서 조금 위험해 보이는 빛이 묻어났다.

"괜찮다면 언젠가 검을 맞대 보고 싶네요."

단리화는 그 말을 남기곤 자리를 떠났다.

"대단한 사람이네."

주서천이 단리화의 등을 보고 중얼거렸다.

"동감이에요."

낙소월과 당혜가 동시에 말했다.

선박은 장강삼협을 빠져나오고 합비 근처까지 갔다. 임시 선착장 앞에는 무림맹의 마중이 있었다.

"고생하셨습니다."

무림맹 무사가 패를 보여 주며 인사했다.

멀미로 지쳐 있는 이들을 위해서 대신 사상자를 인계받고 운반하기로 했다. 말과 식량도 내주었다.

적어도 밤에 지친 몸으로 불침번을 서는 건 피할 수 있었다. 무림맹의 호위를 받고 합비로 향했다.

마중 나온 무사들은 포박된 이출을 신경 쓰는 표정이었으나, 좋지 않은 분위기에 굳이 묻지 않았다.

얼마 뒤 무림맹에 도착하자마자 탐색대 전원은 여장을 풀러 갔으나, 주서천은 보고를 위해 맹주의 집무실로 향했다.

"이출이 간자였다고?"

남궁위무가 믿기지 않는 듯 목소리를 높였다.

주서천은 대답 대신 머리를 위아래로 흔들었다.

"허, 참……."

남궁위무에게도 이출이 천추성이었다는 건 충격적이었다는 듯, 말을 잇지 못하고 탄식했다.

주서천은 남궁위무와 제갈상에게 인면지주의 서식지에
서 있었던 일을 비교적 자세하게 설명했다.

"웅권협……."

남궁위무도 제갈상도 낮빛이 좋지 못했다.

웅권협은 무림맹 수뇌에게도 신뢰받던 무인이었던 만큼,
그 배신의 충격이 클 수밖에 없었다.

또한 배신의 이유조차 너무나도 올바르면서도 일그러져
있기에 씁쓸한 감정이 더했다.

주서천이 이출의 마음을 한편으로는 이해했던 만큼, 남
궁위무나 제갈상 역시 이해는 했다.

"속이 꽉 막힌 것처럼 답답하구나."

"무림맹의 앞날처럼 말입니까."

주서천의 말에 남궁위무는 쓴웃음을 지었다.

"훌륭한 촌철살인입니다."

제갈상이 호, 하고 감탄했다.

"이 보잘것없는 늙은이를 쌍룡(雙龍)이나 되는 젊은이들
이 괴롭히다니, 참으로 너무하구먼."

"사실을 그대로 말한 것뿐입니다. 웅권협의 말이 틀린
건 아니라는 것, 알고 계시지 않습니까."

"그렇지……."

죄인이 악행을 합리화하기 위해서 그럴듯하게 꾸민 것처

럼 느낄지 모르지만, 전혀 그렇지 않다.

비록 수단이 대단히 잘못됐으나 그의 지적은 틀림없는 사실이다.

"바꿀 수 있었다면 진작 바꿨을 거야."

그러나 사람은 부처도 선인도 신도 아니다.

사람은 완벽할 수 없고, 오욕칠정에 휘둘리기 마련이다. 도가건 불가건 간에 불완전하기 마련이다.

"만약, 그 구파일방 출신의 제자를 떨어뜨렸으면 어떻게 됐을까?"

남궁위무는 실력이나 인격이 아닌 출신을 보고 대주를 결정한 걸 부정하지 않고, 깨끗하게 인정했다.

"구파일방, 아니 명문지파에 있어 체면을 구기는 것이 때로는 목숨을 잃는 것보다 더하다는 건 알고 있을 거다."

아무것도 아닌 삼류 문파 출신에게 진다는 것을 용납할 수 없었다.

차라리 그 후보가 같은 명문지파라거나, 혹은 일인전승의 신비 문파라면 수긍이라도 했을 것이다.

"만약, 그곳에서 구파일방을 무시하는 것이냐는 이야기가 나와 모욕으로 받아들인다면, 후에 앙금이 쌓여 구파일방과 오대세가가 반목하게 될지도 모른다."

너무 과한 생각 아니냐고 하겠지만, 실제로 과거에 체면

탓에 반목한 사례가 있었다.

정파에게 체면이나 명예는 경제는 물론이고 이념에 중요한 요소다. 다툼의 명분은 충분히 된다.

"과한 망상으로 치부할지 모르지만, 지속된 반목으로 무림맹 해체의 계기가 될지도 모르는 일. 그 외에도 복합적인 사정을 생각해 보면, 참으로 뻔하지."

틀린 말은 아니다. 그럴 수도 있다.

무림맹은 사도나 마도처럼 권력이 집중되어 있지 않다. 아무리 상천칠좌인 검성이고, 남궁세가의 수장이라 해도 그 구성원을 무시할 수는 없는 노릇이었다.

"허울만 좋은 힘없는 늙은이구먼그래."

남궁위무의 얼굴에 자조의 빛이 떠올랐다.

주서천은 아무 말도 하지 않았다.

대신 생각했다.

'나도, 영웅이라 불리기엔 부족한 사람이야.'

남궁위무도 주서천도 이상을 꿈꾸기에는 나이가 많다. 필요악인 흑영부조차 어찌 처리하지 못한다.

지하 뇌옥에 수감된 이출이 기다리는 건 정도에서 벗어난 고문일 것이다.

이래선, 위선자라는 말을 부정할 수 없다.

그래도 웅권협과 비슷한 일이 일어나지 않도록 피해를

최소화하려 노력할 뿐이었다.

"분위기도 전환할 겸, 다음 보고를 하도록 하겠습니다."

제갈상의 경우엔 천재지만 아직 혈기 넘친다. 이상을 꿈꾸기에는 적절한 나이었다.

그러나 그보다 책임이 무거운 자리에 있었다.

군사가 되면 때로는 사사로운 감정을 배제하고 냉혹한 판단을 내려야 할 때가 온다. 지금이 그랬다.

이출을 어떻게 처벌해야 할지, 그리고 간자로 의심되는 자들을 어찌 차출할지에 대해서 이야기했다.

그 외에도 대전쟁을 대비해 어찌 싸워야 할지 전력에 대해서도 의견을 나눴다.

*　　　*　　　*

쨍그랑!

술이 담긴 병이 산산조각 났다. 애주가의 마음을 녹일 만한 주향이 공중에 떠다니며 주변에 퍼졌다.

"이 개……!"

얼마 전까지만 해도 한림원의 종칠품 학사였던 녹존, 천기의 얼굴이 붉으락푸르락해졌다.

"주서천! 주서천! 주서천 이 개새끼야!"

욕을 안 할 수가 없었다. 얼굴색이 몇 번이나 바뀌었다.

천기는 술상을 발로 걷어차려다가, 멈칫하곤 가까스로 진정하려고 애썼다.

"후우우……."

숨을 크게 들이쉬다가,

"육시랄!"

술상을 걷어찼다.

"으아아악!"

과거 시험이 얼마 남지 않은 이도 이렇게 예민하지 않다. 화가 머리끝까지 나서 주화입마에 들 정도다.

"왜!"

모든 게 완벽했다.

전부 계산했다.

위험을 감수하고 요광까지 투입시켰다.

주서천이 죽거나 부상을 입는 건 기대도 안 했다.

낙소월만을 처리하기 위해서 몇 중으로 함정을 준비하고, 인력과 돈을 쏟아붓고, 계획을 검토했다.

혈독노인이 살아 돌아오지 못한 건 예상한 일이라서 상관없었다. 인면지주를 잃은 것도 괜찮았다.

무형지독의 필수 재료인 거미줄이야 확보해 두었다.

문제는 목적을 이루지 못한 것이다.

"도대체, 왜! 무슨 억하심정이 있다고!"

삼 일에 한 번 꿈을 꾼다. 그런데 그 꿈에서 꼬박꼬박 주서천이 나왔다. 심지어 하나같이 개새끼였다.

공든 탑을 쌓았더니, 주서천이 와서 무너뜨렸다.

바다에서 모래성을 쌓았더니 주서천이 짓밟았다.

조각 난 무공 비급을 모았더니 주서천이 찢었다.

진시황의 법보와 보물을 주서천이 훔쳐 갔다.

불로초를 발견했더니 주서천이 훔쳐 먹었다.

주서천이. 주서천이. 주서천이. 주서천이.

"지긋지긋한 놈!"

부들부들.

덕분에 한동안 잠도 제대로 자지 못했다. 두 발 뻗고 잔 기억이 언제인지도 모르겠다.

하루하루가 고통스러웠다. 눈을 감으면 주서천의 얼굴이 떠올랐다.

하마터면 있지도 않은 신을 찾을 뻔했다. 남만이나 혈교의 주술이라도 배워서 저주를 해 볼까 고민했다.

"으드득!"

그저 이를 악문 채, 다음 일을 준비할 뿐이었다.

*　　　*　　　*

한 해가 끝나 간다. 새하얀 눈이 수북하게 쌓여 갔다.

"슬슬 가 보겠습니다."

주서천은 무림맹 뒷문 앞에 서서 인사했다.

"언제나 바쁘시군요."

제갈상이 살짝 웃어 주었다. 한때 미옥공자라 불렸던 만큼 기가 막히도록 아름다웠다.

"군사님에 비해선 덜 바쁘지요."

겸손이 아니라 사실이었다.

제갈상은 군사에 오른 후 하루하루를 바쁘게 보낸다. 일주일에 한 번은 암호문을 바꾸는 수준이었다.

무림맹 수뇌에게 신뢰받던 옹권협이 간자라는 걸 들은 순간, 제갈상은 가슴이 철렁였다.

신뢰가 배신으로 돌아온 것도 마음이 아프지만, 오늘부터 다시 잠자기 글렀다는 생각에 한숨이 푹푹 나왔다.

"산동까지 그리 멀지 않으니, 연락하는 데 얼마 걸리진 않을 겁니다."

"승계에게 안부 인사 좀 잘 전해 주십시오."

"물론입니다. 그 녀석이라면 상단에서 정말로 잘 지내니 걱정하실 필요 없습니다."

"정말로 다행이군요."

제갈수란이 제갈승계를 걱정하는 것처럼, 제갈상 역시 마찬가지다. 눈코 뜰 틈 없이 바빠서 제대로 된 연락을 하진 못하고 있지만, 항상 신경 쓰고 있다.

"그럼 다음에 또 뵙겠습니다."

"예, 그럼."

주서천은 몇몇 사람들과 함께 금의상단으로 향했다.

第十一章
해남도행(海南島行)

산동, 금의상단.

깡깡깡.

투두두.

가끔씩, 금의상단의 산동 지부에서부터 괴상한 소리가
들려온다고 한다.

대장간에서 모루를 두드리는 소리 같기도 하고, 가끔은
지진이라도 일어난 듯이 땅이 흔들렸다.

"심야에 들려오는 그거 말하는 게지?"

"그래. 도대체 무슨 소리일까?"

"금충, 아니 상왕이 밤마다 금전이 진짜인지 이로 깨물어 보는 소리 아닐까?"

"그게 뭔…… 듣고 보니 그럴 수도 있겠군."

다행히도 그 소리가 사람들의 밤잠을 이루지 못할 정도
는 아니었다. 몇몇 예민한 이가 관아에 호소했으나, 들어
주지 않았다. 이의채의 뇌물 덕분이었다.

깡깡깡.

드드드.

시간이 지나자 사람들은 소리나 흔들림에 익숙해졌고,
귀신의 소행이라는 괴소문 정도만 남았다.

"오, 주 대장."

산동 지부의 정문을 넘어서자마자 반가운 얼굴이 보였다.

"초련."

질풍십객의 홍일점이자 왕일 다음 가는 고수, 초련이 씩
웃으면서 다가왔다.

"잘 지냈나?"

"하하하, 나야 별일 있겠소? 돈이야 꼬맹이와 상단주 곁
에서 열심히 일하면서 버는 중이지."

"자식들은?"

"너무 건강해서 탈이오. 화인의원의 명의분들이 정기적
으로 방문해 주니, 조금도 아플 일이 없더군."

자식 이야기를 하니 환하게 웃는 초련이었다.

"자, 일단 가면서 이야기하시구려."

주서천은 초련의 안내를 받아 이동했다.

그녀를 뒤따라 도착한 장소는 넓은 공간을 자랑하는 제
갈승계의 공방이었다.

"허, 안 본 사이에 여러 가지도 만들었구나."

공방 내부는 생전 처음 보는 물건을 비롯하여, 여러 기관
장치의 조각으로 가득했다. 신기해서 만져 볼까 했지만, 누
가 만들었는지 생각하곤 그만두었다.

"잠시만 기다리시오."

초련은 공방 한구석에 나열한 책장 앞에 갔다. 그러곤 몇
권의 책을 비스듬하게 빼놓았다.

덜컥!

쿠구구.

책장 앞의 바닥이 열리면서 지하로 향하는 계단이 나왔
다. 두 사람은 계단을 타고 아래로 내려갔다.

벽에 드문드문 걸린 횃불이 앞을 비춘다.

"어디 보자……."

초련은 내려가던 도중, 벽의 일부분을 매만졌다.

달칵!

"아, 됐군."

벽돌 하나하나가 쑥 들어가더니 벽이 둘로 갈라지며 공간이 나왔다. 한 사람 정도 통과할 수 있는 크기다.

초련이 따라오라는 듯 턱짓했고, 주서천은 감탄의 눈길로 주변을 둘러보면서 들어갔다.

약 일각 정도를 걸어 도착한 곳은 몇십여 명을 충분히 수용할 크기의 석실이었다.

석실 내부는 분주하게 움직이는 사람들, 아니 유령으로 가득했다.

"그건 그쪽이 아니야!"

그 가운데선 제갈승계가 손짓하며 외쳤다. 그 말에 수십에 이르는 유령들이 자재를 들고 움직였다.

명색이 무림제일의 자객이란 이들이 광부처럼 일하고 있으니 삼안신투가 저승에서 개탄할 노릇이었다.

"그걸 저곳으로…… 응?"

제갈승계가 새로운 인기척에 눈을 크게 떴다.

"형님!"

주서천은 웃으며 손을 드는 걸로 인사에 답했다.

"그래."

금의상단 산동 지부의 지하.

이 석실의 정체는 바로 하나의 기관이었다.

아니, 이 석실을 포함하여 입구에서부터 시작해 그 밖의 지하 공간 전부가 거대한 기관이자 함정이었다.

주서천은 암천회와의 정면 승부에 대비하여 몇 가지를 준비했다. 그중 대표적인 것이 바로 기관이었다.

암천회와 대대적으로 싸우려면 공격만이 아니라 수비에서도 신경 써야 한다.

주서천 장본인이나 혹은 화산파야 괜찮으나, 그 주변 사람은 문제였다. 금의상단이 대표적이었다.

아무리 현경의 고수인 검마가 버티고 있다곤 해도, 혼자서 전부를 지켜 내는 건 불가능하다. 금의검문도 있으나 부족한 감이 있었다.

그래서 금의상단의 재산을 보호할 겸, 산동 지부에 대대적인 기관을 설치해 요새화하기로 했다.

또한, 이곳만이 아니다.

산동 지부처럼 요새화할 필요는 없으나 나중을 위해 무림 전역에 몇 가지의 함정을 설치하는 중이다.

건축 자재야 상왕의 금력이 있으니 문제없었다.

그러나 인력이 부족했다. 기밀 유지가 필요해 아무나 쓸 수도 없었다.

마침 기밀 유지도 완벽하며 힘이 조금 센 것보다 훨씬 나은 최고의 인력이 있었다. 바로 유령이다.

"무림 고수를 인부처럼 부리다니……."

최소 무위만 해도 일류이며 소수의 초절정까지 있다.

낭비도 이런 낭비가 없었다. 일반 무인이라면 치욕이라며 욕하겠지만, 유령이니 그럴 걱정은 없다.

육체에 부담이 가지 않는 선에 한해서 적절한 휴식을 취하며 인력을 대체하기로 했다.

산동의 괴음의 정체는 바로 기관 장치의 설치였다.

"일의 진행에는 별문제 없고?"

"있습니다."

"그래, 네가 하는 일이니…… 응? 뭐라고?"

주서천이 두 귀를 의심했다.

"문제? 네가?"

다른 것도 아니고 기관이다.

그리고 그 기관의 설치자가 만각이천 제갈승계다.

삼안신투의 보고도, 흉마의 무덤도 그 앞에선 무용지물이었다. 그 어떠한 문제도 존재하지 않았다.

심지어 훗날 무림에서 금기시될 병장기조차 그의 손에서 탄생하지 않았는가.

기관에 대해선 그 누구도 따라올 수 없는 정점이자 대천재에게서 나온 말이라곤 도저히 믿기 힘들었다.

"자존심 상하지만, 그야…… 야금술은 제 영역 밖이니까요."

"야금술? 문제가 뭔데?"

"한철로 된 문을 만들어야 하는데, 제 솜씨로는 무리입니다."

제갈승계는 기관의 천재다. 그리고 이 기관이란 건 생각 이상으로 복합적인 기술이다.

기본적인 설계부터 시작해 석공이나 야금술이 요구됐다. 기관 장치를 제조해야 하니 당연한 일이었다.

제갈승계 역시 기초가 되는 기술은 알고 있었으나 설계나 구조 파악, 배치, 해체 등 근본적인 걸 제외하곤 그 분야의 천재적인 장인을 따라가진 못했다.

그 대표적인 예가 전설 속의 금속인 만년한철을 제외하고 사실상 최고의 금속인 한철의 제련이었다.

과거에 주서천이 뱃속에 넣어 준 영약이 체력이나 근력을 대신해 줬으나, 그것만으로는 불가능했다.

"그러면 한철 말고 백련정강이나 현철을 쓰면 되잖아?"

백련정강이나 현철도 나쁘진 않다.

한철이 너무 뛰어나서 그런 것뿐이다.

"그게 무슨 소리입니까!"

제갈승계가 어떻게 그럴 수 있냐면서 눈을 부릅떴다. 그 눈에서 살의가 느껴질 정도였다.

"모처럼 만드는 것인데 완벽하게 해야지요! 미완성을 만드느니 차라리 안 만드는 게 좋습니다!"

'하여간…….'

주서천이 못 말리겠다는 듯 한숨을 내쉬었다.

"만약, 다른 걸로 대체하라면 전 못 합니다!"

제갈승계가 배 째라는 듯 자리에 주저앉았다.

"정말로?"

주서천이 주먹을 꽈악 쥐었다.

"……!"

제갈승계의 얼굴이 새파랗게 질렸다.

그는 잠시 고민하다 싶다가, 고개를 끄덕였다.

"무, 무, 무, 물로로론이지요!"

목소리가 심하게 떨리지만 완강히 거부했다. 그게 또 제
갈승계다웠다.

"……하아."

주서천은 주먹을 내려놓고 한숨을 내쉬었다.

제갈승계에겐 신세를 많이 졌다.

또한, 좋아하는 걸 하지 못해 핍박받지 않았는가. 의동생
에게 또 그런 상처를 주고 싶지는 않았다.

설사 억지로 강행한다고 해도, 제갈승계는 결코 받아들
이지 않을 것이다. 만약 그게 가능했더라면, 그는 진작 제
갈세가에서 진법을 공부했으리라.

'솜씨 좋은 야장(冶匠)이 필요하다는 건데…….'

한철을 다룰 수 있는 야장을 그리 쉽게 구할 수 있는 게 아니다.

무엇보다, 주서천은 야장에 대해 잘 알지 못했다.

전생하기 전의 기억을 더듬어 봐도 마찬가지였다.

'끙!'

떠오를 듯 말 듯한데, 잘 기억이 나지 않았다.

과거로 돌아온 것도 십 년은 더 된 이야기다.

상승의 경지에 오르면서 깨달음을 얻고, 기억력 등의 오성이 높아졌음에도 불구하고 한계가 있었다.

기억해야 할 건 너무 많았고, 그중에서 사소한 건 배제됐다. 머리를 굴려 봤지만 생각이 나지 않았다.

결국 기억하지 못해 도움을 받기로 했다. 주서천과 제갈승계는 이의채를 찾아가 물었다.

"야장 말입니까?"

이의채가 돈을 세다 말고 고개를 갸웃거렸다.

"흠……."

"여러 분야에서 사업을 하시고 계시는 상단주시라면 아실 거라 믿고 찾아왔습니다."

금의상단은 명실공히 중원 최고의 대상단이다.

쌀로 시작했던 그 자그마한 상단이 이제는 상계를 주름

잡는 권력자였다. 그의 황금은 귀신도 부린다.

"한철을 다룰 수 있을 정도로의 야장이라면, 모르는 건 아닙니다만⋯⋯."

"그냥 다루는 것만으로는 부족합니다."

제갈승계가 혹시 하는 마음으로 말했다.

누가 천재 아니랄까 봐 기준 참 높다.

"그러면 네 명 정도 있습니다."

"오, 생각보다 많군요."

"다만, 문제가 있습니다."

이의채가 골치 아픈 듯 앓는 소리를 냈다.

"문제요?"

"예. 그중 둘은 황궁에 있습니다."

"⋯⋯끙. 그 사람들은 빼 주십시오."

상식적으로 황궁의 야장에게 무언가 만들어 달라곤 할 수 없다. 어떤 돈을 써도 그건 불가능하다.

"그 외의 두 사람 중 한 사람은 실력이 넷 중에서도 뒤처지기는 하지만, 그래도 중원에서는 이름난 명장인지라 의뢰를 맡기려면 시간이 너무 걸리는 게 흠입니다. 또한, 술버릇도 제법 고약하다 보니 솔직히, 기밀을 지킬 것 같진 않은지라⋯⋯ 그리 권장하진 않습니다."

이의채의 사람 보는 눈은 의심할 것 없다. 그 눈으로 금의상단을 천하제일상단으로 키웠다.

"그러면 남은 한 사람밖에 없겠군요…… 또 무슨 문제라도 있는 겁니까?"

주서천이 이의채의 쓴웃음을 보고 물었다.

"그게…… 소재지가 해남도(海南島)입니다."

"해남도? 허, 멀리도 있군."

해남도라면 중원의 최남단, 아니 아예 밖에 있다.

바다를 건너야 나오는 섬이니 중원이라고 부르기도 힘들다. 그래도 명의 관할 지역이기는 했다.

대신, 워낙 오지에 있는 만큼 그 영향력이 그리 닿지는 못하는 곳이기도 했다. 유배지로도 유명하다.

"혹시, 해남검파(海南劍派) 사람입니까?"

해남검파는 구파일방이나 오대세가 정도는 아니나, 그래도 명문지파에 속하는 문파다.

정도이냐 사도이냐, 마도이냐 묻는다면 대답을 쉬이 할 수는 없었다.

해남검파의 무공은 정도의 일반적인 검과 상이하기도 하고 음독한 면 또한 있었다. 검을 휘두르면 반드시 상대의 몸에 상처를 내는 살검으로도 유명하다.

그래도 그 사상만은 정도에 가까운지라 일단은 정파에 속하기는 했다.

"그것이, 불확실합니다."

"불확실하다?"

"해남도에 있는 건 확실합니다. 하나, 알다시피 해남도가 워낙 오지이지 않습니까."

특히나 해남도의 경우, 날씨가 워낙 변덕스러워서 오고 가기가 쉽지 않았다.

이의채의 성격상 해남도에서 무리하면서까지 장사할 이유가 없다고 생각해 영향력을 두지 않았다.

"어쩔까요? 좀 불안하긴 하지만, 역시 다른 사람을……."

"아니오. 해남도로 갑니다."

"예? 정말입니까?"

"실력이 문제가 아닙니다. 입을 잘못 놀려서 천기에게 알려지는 것보단 낫지요."

주서천도 그리 달갑지는 않았다.

남해의 바다까지 건너야 한다. 거리상으로도 멀고, 시간이 제법 걸릴지도 모른다.

그사이에 암천회가 무슨 짓을 저지를지 모르니 조금 걱정이었다.

"잘 다녀오십시오, 형님."

"뭔 소리냐? 너도 간다."

"예? 거짓말이죠?"

제갈승계가 농담하지 말라는 듯 웃었다.

"남해는 대체적으로 외부의 침입이 힘들다. 신비 문파 보타문처럼 기문진 혹은 기관에 보호되고 있을 가능성이 크다."

"기관이요?"

"그래."

"해남도는 제 두 번째 고향입니다."

제갈승계가 눈을 반짝였다.

"배를 준비하도록 하지요. 두 분, 건강히 잘 다녀오십시 오."

이의채가 배를 두드리면서 부드럽게 웃었다.

"뭔 소리요? 상단주도 갑니다."

"예?"

"야장이 고집이라도 부리면서 안 따라오면 곤란합니다. 이렇게 된 거 확실하게, 빠르게 다녀오죠. 사람의 마음을 움직이는 상단주의 힘이 필요합니다."

"천하제일미공자검신 주서천 대협, 농담도 과하시군요. 전 여기서 상단을……."

"상단주께서 각 지점마다 믿을 만한 사람을 뽑아 놓고, 후계까지 기른 걸 알고 있습니다. 잔말 말고 따라오십시오."

"하하하. 농담치곤 재미있군요."

이의채가 정색했다.

"싫으시면 저와 승계 지분만큼 돈을 가져가야겠군요."

"남해의 상계여, 기다려라! 상왕이 간다!"

이의채가 눈물을 찔끔 흘렸다.

화산파의 주서천.

제갈세가의 제갈승계.

금의상단의 이의채.

세 사람이 다시 모였다.

해남도행이 결정됐다.

주서천은 무림맹과 사문의 수뇌부에게만 해남도에 다녀오겠다는 말을 전달했다.

어차피 알려질 사항이긴 하지만, 출발도 전에 암천회의 귀에 들어간다면 무슨 문제가 일어날지 몰라서다.

"그러면 잘 부탁드리겠습니다."

"쉴 틈이 없군요."

제갈상이 소식을 듣고 한숨을 내쉬었다.

주서천은 이제 검신이라는 이름의 억제기다.

영웅이 중원에 있다는 것만으로도 사기가 올라가고, 치안이 유지될 정도다. 없다는 걸 숨겨야만 했다.

중원에 없다는 걸 비밀로 하고, 또한 정보 조작으로 있는 척한다는 게 여간 쉬운 일이 아니었다.

"혹시 이번에는 무슨 일인지 물어도 괜찮겠습니까?"

"물론입니다."

군사인 제갈상에게는 계획을 사전에 말해 둘 필요가 있었다. 추후에 함정을 진두지휘할 사람이다.

제갈상은 줄곧 세가에서 바보 취급받던 제갈승계를 보고 마음이 아팠다.

남동생이 겨우 누군가에게 인정받고 활약할 때가 왔다 하자 자기 일처럼 기뻐했다.

"필요한 일이 있다면 얼마든지 서신을 보내 주십시오. 사도천에게 허가를 받아 운남과 광서, 광동에서 얼마든지 연락을 받을 수 있도록 하겠습니다."

무림맹과 사도천은 암천회라는 공동의 적을 두고 협력 관계이니, 그렇게까지 어렵진 않은 일이다.

"그리고, 제 여동생과 함께 가시는 걸 추천합니다."

"모사와 말입니까?"

주서천의 눈에 이채가 어렸다.

"해남도에 대해서는 얼마나 알고 계십니까?"

"대대로 관(官)의 유배지이며 해남검파가 있다는 정도입니다."

전생에서 그 난리가 있었음에도 해남검파는 감감무소식

이었다. 해남검파의 문도가 참전했다는 걸 들은 적 있긴 한데, 사실인지 아닌지도 잘 몰랐다.

"해남도는 들어가는 것도 힘들지만, 나오는 것은 더더욱 힘든 곳입니다."

"남해의 섬은 대부분 기관 진법에 보호되고 있다는 걸 들어 본 적은 있습니다만…… 그걸 말하는 거군요."

제갈승계에게 해 준 이야기가 거짓말은 아니다.

"맞습니다. 해남도와 주산군도의 보타산이 대표적이지요. 실제로 이 두 곳은 상당한 규모의 기관 진법에 의해 보호되고 있습니다."

괜히 관부의 유배지로 대대로 선택된 게 아니었다.

유배된 황실의 핏줄이나, 혹 좌천된 관료가 반역의 구심점이 되지 않도록 출입을 제한시켰다.

"해남도에 들어가는 것 자체는 그리 문제 되지는 않는다고 합니다. 기관 진법의 적용을 그다지 받지 않기 때문이지요. 힘들다는 건 변덕스러운 날씨 탓이라더군요. 태풍이 불 경우에도 검신을 비롯한 고수들이 따라갈 테니 그리 걱정할 것은 없을 것 같습니다."

누군가 빠지려고 하면 고수들이 지탱하고 있으면 된다. 돛의 관리 역시 마찬가지였다.

"나올 때 큰 문제가 있는 것 같군요."

주서천은 제갈상의 말을 귀담아들었다. 천군사가 된 지룡은 결코 헛된 말을 하지 않는다. 괜히 훗날 전란의 시대에서 주요 인물이 된 게 아니다.

"기관 진법이 나갈 시에 크게 적용되는 겁니까? 하지만, 나갈 방법이 없는 것은 아닐 텐데요. 해남도와는 그리 잦지는 않으나 그럭저럭 교류도 하고 있지 않습니까?"

정말로 출입이 불가능한 곳이었더라면, 해남도는 미지의 땅으로 교류 자체가 불가능했을 것이다.

해남검파는 신비 문파도 아닐뿐더러, 조금 폐쇄적이긴 해도 봉문된 것처럼 활동이 전무한 건 아니다.

짧으면 십 년, 길면 몇십 년이긴 하지만 가끔씩 중원 무림에 출두하여 활약했다.

"확실히 그 말씀대로 불가능하진 않습니다. 하지만, 시간이 제법 걸린다는 게 문제입니다. 아마 기관 쪽은 수월하겠지만, 진법은 도움이 필요할 겁니다."

제갈상은 주서천이 하루라도 빨리 일을 해결하고 돌아오기를 바랐다. 정파에게는 영웅이 필요하다.

"알겠습니다. 그리하도록 하지요."

"부디 수란이와 승계를 잘 부탁드리겠습니다. 그리고, 최근 전쟁 탓인지 아니면 암천회의 정보 교란 탓인지는 모르겠지만 해남검파와 연락이 잘되고 있지 않습니다. 그 점유의하시기를 바라며, 조심하십시오."

"알겠습니다."

* * *

끼룩끼룩.

고개를 들어 보니 창공에 뜬 백구(白鷗: 갈매기) 떼가 보였다. 무리를 지은 백구가 선박 위를 비행했다.

"우읍."

평생 동안 바다를 나와 본 적 없는 무사들의 낯빛은 대부분 새하얗게 질렸다. 여기저기서 '우웨엑' 하고 토악질해 대는 소리가 들려왔다.

"으으으…… 죽겠다……."

질풍십객 중 일인, 화벽승이 난간에 몸을 걸친 채 어제 먹은 저녁을 토해 내며 중얼거렸다.

"이 녀석, 근성이 부족하구나!"

초련이 화벽승의 등을 퍽퍽 치면서 웃어 댔다.

"누, 누님! 그, 그러시면…… 우웨에에엑!"

화벽승은 눈물 콧물을 흘리며 위장을 비웠다.

"자, 봐라. 제 스스로 걸을 수는 있는지 의아한 돈 돼지 상단주는 물론이고 저 빈약한 우리 꼬맹이까지 멀쩡하지 않느냐."

"누가 꼬맹이입니까, 누가!"

제갈승계가 이마에 핏줄을 세우며 항의했다.

이의채는 아랫배를 내려다보고 부정하지 못했다.

"그뿐만이랴, 모사님께서도 저리 멀쩡하시고."

초련의 시선이 바람을 쐬러 온 제갈수란에게로 향했다. 표정 변화 하나 없이 수평선을 보고 있었다.

'이게 정말로 근성 문제인가? 미치겠네.'

화벽승은 초련의 말에 고개를 갸웃거렸다.

일류는 물론이고 절정의 무인들조차 계속되는 뱃멀미에 고생 중이거늘, 무인과 거리가 먼 이들이 멀쩡하니 이해할 수 없는 노릇이었다.

특히나 태풍을 겪었을 때는 농담이 아니라 바다로 몸을 던지고 싶었다. 그 정도로 멀미가 끔찍했다.

"상단주야 젊었을 적부터 장강을 돌아다니면서 장사했으니 배야 이골이 났고, 승계야 배의 흔들림보다 더한 걸 기관을 통해 겪었으니까."

주서천이 화벽승의 맥을 짚어 주며 답했다.

"주, 주 대장……."

화벽승이 이제야 살 것 같은 표정을 지었다.

"제갈 소저도 비슷한 이유시고."

기문진 내부에선 천지의 조화가 벌어진다.

땅이 멋대로 흔들리는 건 물론이며, 그보다 더한 상황에 놓인 적도 여러 번 있었기에 버틸 수 있었다.

"그러면, 저는 어떻게 생각하시나요?"

화벽승은 심장이 절로 떨려 오는 목소리에 헉, 하고 정신을 차렸다. 그의 시선 끝에는 요염한 웃음과 더불어 은은하게 풍겨 오는 색기를 지닌 여인이 있었다.

무림에서도 손꼽힌다는 미녀. 청성제일미, 파검봉 단리화였다.

단리화가 선상에 나타나자 화벽승처럼 멀미로 죽어 나가던 이들이 어떻게든 잘 보이려고 노력했다.

"잘…… 모르겠습니다."

주서천이 머쓱하게 웃으면서 대충 넘겼다.

'설마하니 파검봉과 함께할 줄이야.'

해남도로 소수만 갈 수는 없는 노릇이다.

기본적인 선박과 선장부터 시작해 숙수나 조선공(造船工) 등의 선원이 필요했다.

그 밖에도 제갈승계와 이의채처럼 비전투원을 호위할 이들도 필요했지만 단리화를 상정하에 둔 건 아니었다. 원래는 낙소월과 당혜였다.

'때때로는 매화검수인 게 원망스럽네요.'

낙소월은 신분이 신분이다 보니 남해도까지는 따라오지 못하고 화산파로 돌아갔다.

'또 죽었다거나 실종됐다거나 한다면 당신을 묘지에서 꺼낸 다음 다시 한 번 죽일 거야.'

당혜의 경우에는 인면지주의 보고 겸 뒷정리를 위해 사천으로 돌아가야 해서 어쩔 수 없었다.

"남자를 잘 타서 그런 걸까요?"

단리화가 손바닥 위에 주먹을 올리며 웃었다.

"……."

커흠! 커흐흠!

여기저기서 헛기침 소리가 들려왔다.

단리화의 음담패설은 언제 들어 봐도 입이 떡 벌어진다. 너무 당당해서 할 말이 나오지 않았다.

하나 그런 그녀의 태도에도 옳다구나 하면서 덤벼드는 남자는 한 명도 없는데, 이는 단리화의 날카로운 기도 탓이기도 하지만 괜히 헛소리를 지껄였다가 물고기 밥 신세가될 뻔한 적이 있어서였다.

"아닐세."

좌중의 시선이 한 곳으로 돌아갔다.

"동요병(動搖病)이라 하는 멀미는 진동에 의한 자극이 자율 신경계에 작용되며 일어나는 병적 반응일세. 주로 전정 감각과 시각 자극의 불일치에 의해서 증세가 일어나지. 사람은 새로운 감각 정보를 얻을 때 뇌로 전달되는데, 이 정보는 평형 기관이 과거에 겪은 경험과 비교되네. 하나 이 과거 경험에서 예상되는 것과 다르다면. 예를 들어, 경험하지 못한 신체의 가속을 겪어 감각이 하나로 이루어지지 못하고 부딪혀 동요병을 만들어 버리고……."

"……그 정도면 됐어요, 신의 어르신."

단리화가 질린 듯이 말했다.

주서천이나 그 외의 무인들도 마찬가지였다.

선원들의 경우 '도대체 무슨 소리를 하는 거지?'라는 얼굴로 신의를 쳐다보고 있었다.

'지금쯤 신의의 제자분들께서 다시 불안에 떨겠군.'

무림맹을 떠날 무렵, 이 괴팍한 늙은이가 따라붙었다.

"냄새가 나는구나. 미지의 약이 말이야."

주서천은 이 미친, 아니 괴팍한 늙은이와 동행하고 싶지 않았다. 또 화인의원을 괴롭히고 싶지 않았다.

신의는 화인의원이나 영약의 제공으로 제갈상을 협박했는지 주서천의 목적지를 듣고 동행하게 됐다.

해남도가 얼마나 위험한지 설명했지만 듣지 않았다.

애초에 구희의 신단을 위해서 위험을 무릅쓰고 혼자서 남만까지 다녀온 신의다. 두려워할 리 없었다.

"주 대장, 이번 여정의 주제는 개성이오?"

"닥쳐, 초련."

주서천이 정색했다.

한편, 주서천이 바다를 건너고 있을 무렵에 이 소식은 암천회의 귀에도 들어갔다.

제갈상이 아무리 뛰어나다곤 하지만, 암천회에서 예의 주시하는 인물들이 한꺼번에 떠났는데 모를 리 없었다.

정보 조작에 능하다고 해도 한계는 있었다. 반대로 무림맹에서 떠날 때 알려지지 않은 게 용했다.

"해남도에 가는 것 같다고?"

"예. 몇 번 거치기는 했으나, 금의상단이 선박을 은밀하게 구해 해남도로 가는 광동의 항구에 준비한 걸 보면 확실합니다."

천기가 부복한 채로 답했다.

"……흠."

암천회주가 팔걸이를 손가락으로 두드렸다.

"주서천이 무슨 생각인 것 같으냐?"

"본 회와의 전쟁을 대비하여 해남검파의 지원을 받으러 가는 것으로 사료되옵니다."

"해남도라……."

암천회주가 미간을 좁히면서 턱을 쓰다듬었다.

"이 기회를 이용할 수 있겠느냐."

"맡겨만 주십시오."

천기가 속으로 이를 으드득 갈았다. 그 눈은 차가운 불꽃으로 활활 타올랐다.

*   *   *

해남도가 중원의 최남단에 있다곤 하지만, 그렇다고 바다를 건너는 데 몇 날 며칠 걸리는 건 아니다.

최남단으로 가는 게 어렵지 바다를 건너는 데 소요되는 시간이 그리 길지는 않았다.

길어 봤자 이틀, 짧으면 하루다. 태풍을 만나면 방향이 틀어지거나, 혹은 기문진의 생로를 찾아 돌아가야 해서 시간이 좀 걸리는 것뿐이었다.

일행의 배는 하루 하고도 한나절 뒤의 새벽에 도착했다. 해남도의 성도인 해구(海口)였다.

"이게, 무슨……."

일행은 배에서 내리자마자 눈살을 찌푸렸다.

바닷바람을 타고 온 것은 짙은 혈향(血香)이었다.

그것도 상당한.

第十二章
남해용문(南海龍門)

　　황금빛으로 반짝이는 모래사장 앞으로 펼쳐진 건 바람에 춤추듯 움직이는 야자나무였다.

　　열대 기후 지역인 해남도는 일 년 내내 사계절이 여름이다. 그러나 여유롭게 해남도의 여름을 만끽하면서 휴가를 보낼 수는 없었다.

　　"대장, 어떻게 할 거요?"

　　초련이 허리춤에서 검을 빼 들며 물었다.

　　"……음."

　　무작정 해남도로 온 것만은 아니다. 그래도 정파에 속하는 해남검파에게 도움을 받을 생각이었다.

"모사께선 어떻게 생각하십니까?"

주서천이 제갈수란에게 질문을 돌렸다.

제갈수란은 주서천의 물음에 잠시 고민하다 싶더니, 얼마 지나지 않아 답을 내놓았다.

"무슨 일인지 파악은 할 필요가 있다고 생각해요. 만약, 도움이 필요하다면 도와주고 해남도의 정세나, 주변 정보를 알 수 있으니까요."

"좋습니다."

주서천이 고개를 끄덕이곤 지시를 내렸다.

"정찰은 최소한의 인원으로만 하도록 하겠습니다."

선박을 지켜야 할 사람이 필요했다.

무슨 일이 일어날지 모르니 선원만으론 부족했다. 중원에서 데려온 금의상단 소속 무사들을 남겼다.

약 팔십여 명 정도 되는 수이니 걱정할 필요는 없을 듯싶었다.

"가시죠."

*　　　*　　　*

흰 모래 위가 핏방울로 벌겋게 물든다. 녹색의 야자수림 군데군데에는 시신이 굴러다녔다.

해남도의 상쾌한 야자수 바람은 비릿한 향을 옮겨 후각을 찔렀다.

"크아악!"

해구 인근, 남도강.

남해와 연결된 강과 해변의 모래사장 사이에서 비명과 금속음이 연달아 터져 나온다.

끼룩.

백구 떼가 시체 더미 위를 원형으로 맴돌았다. 그 아래에는 병장기를 휘두르는 무인들로 가득했다.

"제기랄!"

빼빼 마르고 크지도 작지도 않은 신장을 지닌 해남검파의 중년 고수, 전수국은 욕설을 내뱉었다.

전수국의 적의로 이글거리는 눈동자에 비춰지는 건, 물빛 머리카락을 찰랑대는 청년이었다.

그 외에도 해남검파와 적대하는 이들은 하나같이 머리카락 색이 물빛을 띠어 신비한 분위기를 자아냈다.

"남해용문(南海龍門)……!"

"남해제이검(南海第二劍)이라는 별호는 허명이 아닌 것 같으나 여기까지다. 이곳 남해에서, 특히나 물을 옆에 둔 나, 용조(龍爪) 적오를 이길 자는 없다."

적오의 호언에 전수국의 수염이 파르르 떨렸다.

'함정에 빠질 줄이야……'

해남검파와 남해용문은 적대, 아니 전쟁 중이었다.

전수국은 바로 얼마 전 남해용문의 은거지에 관련된 정보를 듣고 습격을 준비했다.

사문의 정예를 데리고 습격했으나, 얼마 지나지 않아 그 정보가 고의로 흘린 것이라는 걸 깨닫게 됐다.

이백여 명의 정예가 순식간에 백여 명으로 줄어들었고, 그에 반면 남해용문의 전력은 끊이지가 않았다.

"사람의 욕심과 어리석음으로 바다를 노하게 만들어 용궁을 어지럽힌 죄, 엄히 물을 것이니."

"헛소리!"

전수국은 노성을 내지르며 적오의 말을 일축했다.

"신비 문파인 척하면서 몸을 사리고 있다가, 본 파와 녹회문(鹿回門)이 다툼으로 세력이 약해진 걸 노리고 나온 주제에 어디서 뻔한 거짓말로 우롱하려 하느냐!"

"아직도 정신을 못 차렸군. 참으로 뻔뻔하도다."

적오의 산호색 눈동자가 살의로 번뜩였다.

"이 어리석은 인간들에게 용왕의 벌을 내려라."

"용왕의 벌을 내려라!"

남해용문의 문도들이 함성을 외쳤다.

"적오!"

전수국이 적오의 이름을 부르짖으며 뛰쳐나갔다.

"용의 손톱이 곧 벌이 되리라."

적오가 역시 몸을 날려 전수국과 격돌했다.

"후웁!"

선공은 전수국이었다.

해남검파의 무공은 하나같이 좌수검(左手劍)으로 검을 기울인 뒤 번개같이 휘두르는 것이 특징이었다.

한번 휘두르면 무조건적으로 상처를 보며, 살초가 다분하다 하여 음독하다는 연유가 되기도 하였다.

실제로 초식을 펼치면 반드시 상대에게 상처를 입히기도 해서 틀린 말은 아니었다.

또한, 무림에서도 흔치 않은 좌수검으로 검까지 기울여서 휘두르다 보니 일반 무학과 워낙 상이하여 옛적에는 정도에서 어긋난다며 받아들이지 않았던 시절도 있었다 한다. 그래도 꿋꿋이 정도를 표현하며 의협을 중시한 결과 정파의 명문지파가 될 수 있었다.

번쩍!

전수국의 손에서 검푸른 빛과 함께 해남검파의 절기가 펼쳐졌다. 쾌검임에도 그 기세는 강대하였다.

해남검파의 절기인 남해삼십육검(南海三十六劍)의 일초로, 남해의 장대한 물결이 산을 순식간에 무너뜨린다는 해

소산붕(海嘯山崩)이라는 검초였다.

'과연, 남해제이의 검이구나.'

광오한 태도를 보였던 적오도 전수국의 검초에는 감탄을 금치 못했다.

눈부실 정도의 빠르기도 보통이 아니건만, 몸을 덮쳐 오는 강대한 기세는 압도될 정도이다.

하나 적오도 만만치 않은 건 마찬가지다. 그 전수국을 벼랑까지 밀어붙였던 장본인이 바로 적오다.

용조, 적오의 동공이 파충류의 것처럼 세로로 쩍 갈라졌다. 집중한 순간, 시간이 느리게 흘러갔다.

검푸른 빛을 뿜어낸 검신이 동공에 비춰졌다. 일초를 펼친 그 순간에 검신에 강기를 실은 게 보였다.

"후읍!"

적오의 손 역시 눈보다 빨랐다. 동물을 넘어선 감각이 전수국의 쾌검에 반응해 수직으로 솟구쳤다.

채애앵!

검과 손이 부딪쳤거늘, 이상하게도 금속끼리 부딪치는 마찰음이 들렸다. 심지어 불똥까지 튀었다.

전수국은 검신이 충격을 받고 부르르 떨자, 이를 뿌득 갈면서 적오의 손을 훑어봤다.

그 손은 사람의 것으로 보이지 않았다.

살색의 피부 같은 게 아니었다. 붉은색을 반사시키는 비늘이 손목까지 둘러싸고 있었다. 손 또한 끝이 뾰족했는데, 벽화에서나 나오는 용의 발톱을 닮았다.

'남룡조수(南龍爪手)!'

언뜻 보면 소림사의 용조수의 아류라 볼 수도 있으나, 전혀 그렇지 않다. 완전히 다른 체계의 무공이다.

어떠한 원리인지는 모르나, 남룡조수를 수련하여 상승에 이르면 손이 점차 용의 것을 닮게 된다.

그저 형상만이 아니라, 비늘까지 돋는다. 더 신기한 건 내공을 불어 넣을 경우에만 변화한다는 것이었다.

"쯧!"

전수국이 혀를 차며 검을 휘두른다. 겉만 보면 사방팔방으로 휘두르는 것 같으나 그 안에는 상승의 묘리가 섞여 있다. 일생이 녹아든 남해삼십육검이 차례대로 초식을 이으면서 적오를 압박했다.

"어림없다!"

적오의 눈이 이리저리 바삐 움직인다. 손톱에 맺힌 적색 강기가 전수국의 검강을 튕겨 내거나 막아 냈다.

남해제이검과 용조의 격돌은 숨 쉬는 걸 잊을 정도로 격하게 이루어졌다.

꽈앙! 쾅!

강기가 부딪칠 때마다 그 충격파가 파도처럼 출렁이면서 주변의 야자수가 크게 흔들리며 춤을 췄다.

그 단단한 야자 열매조차 버티지 못하고, 중간에 산산조각 나며 바닥에 떨어져 박살이 났다.

과즙이 핏방울에 뒤섞여서 썩 좋지 못한 냄새를 냈다.

하나, 이 격전도 그리 오래가진 못했다.

강기란 건 대량의 내공의 집합체다. 절대의 무기인 만큼 소비되는 양도 어마어마했다. 연달아 쓴다면 화경의 고수라 할지라도 금방 바닥을 보이기 마련이다.

일각의 시간이 흐르기도 전에 내공의 한계가 보이기 시작했다. 먼저 지친 건 전수국이었다.

"쿨럭!"

전수국이 피를 울컥 토해 내며 뒤로 물러났다.

내공의 부족에 검강이 도중에 옅어지면서 조강의 충격을 고스란히 맞았다. 내상이었다.

남해제이검의 낯빛은 혈색이 부족한지 창백하게 질렸다. 척 봐도 상태가 좋아 보이지 않았다.

"대사형!"

해남검파의 제자들이 비명을 질렀다.

'낭패다.'

치명상까지는 피했지만, 내공이 바닥이 났다. 적오 같은 화경의 고수와 더 이상 싸울 수 없었다.

'과오구나.'

전수국은 자책하면서 후회했다.

남해용문과의 전쟁을 끝낼 수 있을 것이라는 믿음에 그만 섣부른 판단을 하고 말았다.

사문의 최정예이니 어찌할 수 있을 것이라며 과신했다. 아니, 오만에 빠지고 말았다.

'여기서 전멸한다면 해남검파의 미래는 없다.'

어떻게든 물러나야만 했다. 하지만 그게 가능했다면 함정이란 걸 깨달았을 때 진작 했다.

"도망칠 궁리를 하는 것 같으나, 소용없다."

적오가 전수국의 내심을 꿰뚫고 말했다.

"이 주변은 남해용문이 자랑하는 사해갱진(沙海坑陣)을 준비해 두었다. 지원 병력은 물론이고 날개라도 달려 있지 않은 이상 개미 새끼 한 마리 다가오지 못할 것이다."

사해갱진은 남해용문이 자랑하는 기문진이다.

모래사장에서만 펼칠 수 있다는 제한이 있으나, 그만큼 강력하기 짝이 없었다.

사해갱진이 발동하면 그 주변 일대가 마치 개미지옥처럼 모래 구덩이로 변하는데, 발을 잘못 디디기라도 하여 빠지면 다시는 위로 올라올 수 없었다.

심지어 움직이면 움직일수록 깊숙이 빨려 들어가는 구조인지라, 발버둥 치면 목숨만 잃을 뿐이었다.

신법의 고수라 할지라도 정작 발걸음을 늘릴수록 더 빨려 들어가니, 살 수 있는 방법이 전무했다.

이 기문진 탓에 후퇴도 하지 못했으며, 초기에 잘못 대응하여 수십 명이 빠져 죽었다.

"이럴 수가……."

"으으으!"

"이대로 죽는 것인가?"

해남검파의 제자들의 얼굴에 패색이 짙어졌다.

전수국의 얼굴도 좋지 못했다. 판단을 잘못해 함정에 빠진 어리석음을 저주하며 절망에 잠겼다.

적오가 손을 쥐락펴락했다. 손가락뼈가 맞물리면서 '우드득' 하고 요란스러운 소리를 냈다.

"죗값을 치르거라, 어리석은……."

"실례합니다!"

그 순간, 외부에서 들려온 목소리에 모두가 멈췄다.

해남검파도 남해용문도 믿기지 않는 표정을 지었다. 아니, 귀신에라도 홀린 얼굴이었다.

몇백여 명의 무인들의 시선이 한곳에 몰렸다.

"……?"

그곳은 불과 몇 각 전까지만 해도 해남검파의 제자들을
잡아먹었던 모래사장 위였다.

문제는 그 위에 남녀가 산책이라도 하듯이 느긋하게 걸
어오고 있다는 점이었다.

"무슨……?"

전수국은 순간 꿈을 꾸나 싶었다.

절망이 너무 깊어 환각을 보는 건 아닐까 싶었다.

그 정도로 믿기지 않는 광경이었다.

특히, 두 남녀 중 여인은 선녀가 아닐까 싶을 정도로 빼
어난 미모를 지니고 있었다. 의심은 더더욱 깊어졌다.

"거기! 좌수검을 보아하니 해남검파인 것 같은데, 맞습
니까!"

"예? 예, 예…… 그렇소만…….."

전수국은 귀신에 홀린 것처럼 답했다.

그러나 그 누구도 전수국의 태도에 뭐라 하지 않았다. 대
부분이 비슷한 심경이었다.

혹시나 남해용문의 또 다른 기문진에 걸려든 건 아닐까
싶었으나, 적오의 태도를 보니 아닌 듯했다.

애초에 다 이긴 싸움에서 이런 번거로운 짓 따위 할 이유
가 없었다.

"혹시 도움이…….."

"주 공자. 이 앞에서부터는 우로 칠 보(步)예요."

"아, 네. 거기, 잠시만 기다려 주십시오!"

청년이 선녀에게 무어라 듣곤 양해를 구했다.

"……?"

적오는 이 상황을 이해할 수 없었다.

사해갱진은 남해용문의 기문진 중에서도 손꼽히는 기문진이다. 아무나 돌파할 수 있는 게 아니었다.

한데 웬 남녀가 나타나선 산책하듯이 걷고 있다.

상식에서 벗어난 광경에 인지 부조화가 일어났다.

남녀는 사해갱진를 건너왔다. 그리고 남자가 전수국에게 물었다.

"혹시 도움이 필요하십니까?"

"그, 그렇소만……."

전수국이 귀신에 홀린 듯 대답하자, 남자는 머리를 끄덕였다. 그러곤 적오를 향해 검을 겨누며 말했다.

"안녕, 난 주서천이고 이쪽은 모사이신 제갈수란 소저라고 해. 지금부터 너희를 개박살 낼 거야."

그 누구도 주서천의 말을 이해하지 못했다.

말을 못 알아듣는 건 아니었다. 해남도가 최남단에 있다곤 해도, 외국이 아니니 방언이 있을망정 언어는 같다. 그저, 지금 이 상황이 이해가 가지 않았다.

'주서천?'

어디서 들어 본 이름이다. 근데 워낙 현 상황이 어이없어서 떠올리지 못했다.

"허……."

길게 이어진 침묵을 깬 건 적오였다.

"무슨 수로 사해갱진 내부로 진입한 것인지는 모르겠으나……."

적오의 눈이 가늘어졌다.

"아무래도 미쳐 있는 모양이로다."

고작 단 두 사람이었다.

사해갱진 안으로 무사히 들어온 건 둘째치고도, 고작 둘밖에 되지 않는데, 박살 내겠다고 선언했다.

아무렇지 않은 저 의기양양한 태도를 보아하니, 분명 정신이 나간 것이리라.

"그곳에 가만히 있거라, 광인들이여. 남해제이검의 목부터 빼앗은 뒤, 사해갱진에 어찌 들어온 것인지 추궁하도록 하마."

적오는 주서천과 제갈수란을 무시했다.

"……!"

전수국은 적오의 말에 무언가를 깨달은 표정을 지었다.

"누구인지는 모르나, 사해갱진을 자유로이 돌아다닐 수

있다면 부디 사형제들을 데리고 밖으로 나가 주게나! 그동
안 이 내가 시간을 끌도록 하겠네!"

지원 병력은 없었으나, 그래도 생로를 찾았다.

지금 여기에서 벗어날 수 있다면 누가 도와주든 상관없
었다. 어둠 속에 피어난 빛은 희망 그 자체였다.

"그걸 보고만 있을 줄 아나?"

적오가 어림없다는 듯, 턱짓으로 주서천과 제갈수란을
가리켰다.

"포위해라!"

외곽에 위치한 남해용문의 십여 명이 일사불란하게 움직
였다. 해남검파가 돕기에는 너무 늦어 버렸다.

주서천과 제갈수란이 전수국에게 말을 걸려고 중심부에
다가온 탓이었다.

"무리해서라도 저 두 사람을 보호해서 빠져나가라!"

전수국이 적오를 경계하면서 소리쳤다.

"하지만, 대사형!"

"얼른!"

전수국은 가망이 없다는 걸 깨닫고 스스로를 희생하기로
마음먹었다. 섣부른 판단의 속죄였다.

"부디 사형제들을 부탁⋯⋯."

한껏 비장한 목소리로 외치려던 전수국이었으나, 그 말

도 의지도 닿지 못했다.

서걱!

주서천이 움직였다. 눈을 껌뻑이자 본 건 남해용문도의 팔이 잘리면서 공중으로 둥실 떠오른 장면이다.

"무슨……."

오른팔을 잃은 남해용문도가 얼빠진 소리를 내뱉었다. 워낙 순식간에 일어난 일이라 인식하지 못했다.

팔이 잘렸음에도 그 감각이 아직까지도 남아 있는 듯했다. 또한, 고통에 비명을 지를 틈도 없었다.

정신을 차렸을 때, 시야가 빙글 돌아갔다. 의식을 잃기 전 마지막으로 본 건 목이 잘린 몸이었다.

'아홉.'

한 발을 축으로 삼아 몸을 돌린다. 굳이 목이 잘려 나가는 걸 확인할 필요도 없다. 감각이 증명했다.

아홉의 남해용문도는 아직 상황 파악이 되지 않았다. 뇌가 인식할 수 있는 속도를 넘겨 버렸다.

해남검파의 쾌검에 익숙해져 있음에도 불구하고 눈이 따라갈 수 없었다. 반응 속도도 늦었다.

화경을 넘어선 현경이라는 절대경지의 신체 능력이니 따라가지 못하는 것도 이상한 건 아니다.

주서천은 제갈수란이 다치지 않도록 전력을 냈다. 겸사

겸사 해남검파도 전원 구할 생각이었다.

쐐액!

용연이 섬광을 내뿜으며 앞으로 나아간다. 대기층에 구멍을 내면서 공기를 찢는 소리를 토해 냈다.

푹!

남해용문도의 목 정중앙에 바람구멍이 났다.

"끅!"

외마디 비명을 흘리며 목을 부여잡는 남해용문도.

그러나 성대에 구멍이 나버려 그 이상 무어라 말하지 못하고 괴로워하며 제자리에 무너져 내렸다.

남해용문은 그제야 무언가 잘못됐다는 걸 느낀 듯, 정신을 번쩍 차리고 움직였다.

타앗!

남해용문은 해남검파를 전멸시키려 만반의 준비를 했다. 정예에 걸맞은 전력을 데리고 왔다.

그렇다 보니 이 자리의 남해용문도는 하나같이 실력자들이었다.

또한, 남해용문은 현 해남도를 양분하는 세력 중 하나답게 평균적으로도 무력이 높았다.

이를 증명하듯, 주서천을 포위한 여덟 명의 남해용문도는 사방팔방으로 흩어지나 싶더니 합격진을 형성했다. 그

연결 동작이 부드러우면서도 재빨랐다.

"하앗!"

여덟 명이 하나 되어 움직인다. 기합만이 아니다. 동시에 내지르는 삼지창이 동시에 한곳을 노렸다.

남해용문의 수류삼창(水流三槍)이었다.

'꽤나.'

하나하나가 물줄기가 된 창은 모여 폭포가 됐다. 마치 머리 위에서 폭포가 쏟아지는 것처럼 느껴졌다.

주서천은 수류삼창에 속으로 감탄했다.

여덟 명이서 명령 없이 이렇게 즉각적으로 대응하는 건 그리 쉽지 않다. 심지어 무공의 수준도 높았다.

하나 버텨 내질 못할 정도는 아니다. 아무리 개개인의 무력이 높고 합격진이 대단하다고 해도, 이 정도에 당한다면 어디 가서 상천칠좌라 말하지 못한다.

쿵!

창이 닿으려는 순간, 모래사장 바닥이 움푹 파였다.

주서천이 제자리에서 솟구치면서 땅이 흔들렸다.

채채챙!

하나 된 삼지창이 서로 맞물리며 부딪치면서 소음을 냈다. 목표가 조금이라도 빠르게 피했다면 도중에라도 방향을 틀었겠지만, 절묘한 순간을 노린 탓에 어쩔 수 없이 충돌할 수밖에 없었다.

'만중검.'

천변의 묘리를 이용해 운기를 전환한다. 다른 것을 제외하고 무거움에 집중해 천근추를 사용했다.

공중에 나비처럼 날았던 주서천은 벌처럼 쏘는 게 아니라, 거대 바위로 변해 창 위로 떨어졌다.

"뭐……."

사람의 무게가 아니었다. 남해용문도는 어찌할 겨를도 없이 삼지창이 눌리는 걸 느꼈다.

콰아아앙!

"크읏!"

"아아악!"

천지가 무너지는 듯한 굉음. 모래사장이 뒤집어지면서 누런 안개가 주변을 뒤덮었다.

다리를 지탱할 지반이 무너지자, 남해용문도는 버텨 내지 못하고 균형을 잃으며 넘어졌다. 또한 충격파에 이기지 못하고 날아가 바닥을 구르기까지 했다.

어떻게든 끝까지 버텨 내려던 이도 무사하지 못했다. 무인답게 삼지창을 놓지 않으려던 것이 화근이 됐다. 무게와 충격을 이기지 못해, 삼지창이 구부러지면서 손목도 함께 꺾었다.

우드득!

뼈가 부러지고, 살을 꿰뚫어 튀어나왔다. 핏줄기가 모래에 섞여 묻혔다.

"콜록, 콜록."

제갈수란이 작게 기침했다.

"이런, 죄송합니다."

주서천이 검을 휘둘러 모래 구름을 치워 냈다.

어떻게든 피해를 주지 않으려고 거리를 두었는데, 전력을 다하느라 생각보다 모래 구름 범위가 넓었다.

"제갈 소저, 괜찮습니까?"

주서천은 제갈수란의 앞으로 이동해 손부채질을 하며 남아 있는 모래 구름이 오지 않도록 조정했다.

공적인 자리도 아닌지라 호칭도 소저로 바뀌었다.

제갈수란은 주서천이 코앞까지 다가오자, 순간 뺨을 살짝 붉혔다가 원래대로 되돌리며 말했다.

"그, 저보다는 앞을 신경 써야……."

뒷말을 잇지 못했다. 대신 경고가 현실이 됐다.

언제 몸을 날렸는지는 모르나, 적오가 주서천 앞으로 당도했다. 인사하려고 몸을 옮긴 건 아니었다.

'위험하다.'

해남제이검은 지쳤다. 어차피 가만히 놔둬도 알아서 제

풀에 쓰러진다. 굳이 신경 쓸 필요는 없었다.

문제는 새로 등장한 정체불명의 청년이었다.

척 봐도 어린 데다가 경지도 보잘것없어서 무시하려고 했다. 한데 그게 아니었다. 그 반대였다.

'고수다.'

아무리 봐도 약관이다. 화경의 고수, 그것도 상승에 위치한 자신보다 고수라는 게 믿겨지지 않았다.

그러나 방금 전 보인 신위는 무어란 말인가?

두 눈으로 직접 보고도 믿기지 않지만, 동물적인 감각이 위험하다고 경고를 울리고 있었다.

이성으로는 수긍 가지 않아도 몸이 저절로 움직였다. 적오는 본신의 무위를 끌어냈다.

'단숨에 끝내야 한다!'

적오는 마음을 굳게 먹었다.

손끝에서 시작한 붉은 기의 실 가닥은 손가락을 타고 손목까지 휘감아서 얼음처럼 굳혔다.

오각형으로 변한 비늘은 마치 갑옷을 두른 듯했으며, 그 몸을 둘러싼 강기에선 가공한 위력을 냈다.

적오의 세로로 갈라진 동공에서 살의가 뿜어져 나왔다.

"크하아압!"

적오가 폐 깊숙이 숨을 들이쉬었다가 토해 냈다. 마치 사자후, 아니 용후를 터뜨리는 듯했다.

위압적인 것은 기합만이 아니다. 힘껏 뻗은 남룡조수는 대기층을 갈기갈기 찢으며 주서천을 덮쳤다.

'대단하군!'

수류삼창도 수류삼창이지만, 남룡조수는 수준을 달리한다. 주서천도 적오만큼 놀랐다.

'남해용문이라고?'

생소한 이름이었다. 전생에서도 들어 본 적 없었다.

눈앞의 적오도 마찬가지였다. 천하백대고수 중에서 남룡조수처럼 특징적인 무공은 들어 본 적 없었다.

한데 그 들어 본 적도 본 적 없는 무인이 천하백대고수이자 해남검파의 고수를 밀어붙였다.

결코 가벼운 마음으로 볼 적이 아니었다.

'제갈 소저가 있다는 걸 잊지 마라!'

제갈수란을 걱정해서 자리를 옮긴 게 족쇄가 됐다.

혹시라도 다칠까 봐 신경이 쓰였다.

'중후함을 실어, 아래에서 위로 친다!'

무거움.

흔들리지 않고, 무너지지 않으며, 밀리지 않는 무거움이 요구되는 상황이었다. 운기를 곧바로 변경했다.

콰아아.

적오가 용처럼 날아선 발톱을 앞으로 쭉 뻗는다.

쐐액!

주서천도 왼발을 내디디며 검을 뻗었다.

'허초?'

적오의 산호색 눈동자에 이채가 어렸다.

주서천의 검은 정면이 아닌 아래로 향했다.

'무엇을 노리는 것이지?'

적오는 검강과 조강의 격돌을 예상했다. 그러나 이렇게 되면 서로 동귀어진 할 뿐이다.

혹시나 동귀어진은 허초이고 도중에 아래를 막으려고 방향을 급격히 꺾게 해 내상을 유도하는 건 아닐까.

찰나 동안 수많은 생각이 스쳐 지나간다.

적오는 고민 끝에 이대로 진행하기로 했다.

만약 허초에 속아 내상을 입는다면 얻는 건 없고 잃기만 한다. 이렇게 된 것, 배짱을 보이기로 했다.

하나, 그다음 이어진 초식은 적오의 예상과 달랐다.

팟!

주서천의 검이 직각으로 번개같이 꺾였다. 아래에서부터 위로 크게 솟구쳤다.

쩌억!

"……!"

적오의 눈이 찢어질 듯이 커졌다.

강고의 방어를 자랑하던 적색 비늘이 손쉽게 갈라졌다. 중지 끝이 반으로 갈라지며 손이 둘이 됐다.

적색 비늘 내부로 피부와 살, 뼈의 단면도가 순서대로 보였다.

'조강과 수강이 이리도 쉬이 잘리다니?'

남룡조수는 조법이자 수법이다. 강기를 펼치면 자연히 중첩되어 나타났다.

그만큼 내공의 소모도 두 배였으나, 적오에겐 상관없었다. 그는 남해용문에서도 심후한 내공을 지녔다.

한데 그 강기의 중첩이 너무나도 쉽게 잘렸다.

'아니, 아직 끝난 게 아니다!'

적오의 낯빛에 패색이 감돌았다가 사라졌다.

"대단하군."

주서천은 적오를 보고 솔직하게 감탄했다.

조수공(爪手功)의 고수가 손을 잃는다는 건 치명적이다. 그럼에도 불구하고 침착함을 잃지 않으며, 도리어 투기를 내뿜는 모습은 칭찬할 만했다.

'살을 주고, 뼈를 깎는다!'

검을 아래에서 위로 올리다 보니 동작이 커졌다. 가슴이 열렸으니, 확실한 승기를 얻은 거나 다름없다.

위로 올라간 검을 회수하려고 해도 너무 늦다. 위력을 얻은 만큼 힘을 준 탓에 너무 위로 올라갔다.

고수 간의 싸움이 한순간의 차이만으로도 결정된다는 말은 이런 상황을 뜻하는 것이다.

적오는 고통을 등한시하곤, 공력을 왼손에 전부 실었다. 곧장 열린 가슴을 공격하기 위해 움직였다.

하나…….

"무슨……!"

적오의 각오 어린 눈빛이 당혹함으로 일그러졌다.

검수라 생각했던 적은 한 치의 망설임도 없이 손에서 검을 놓았다.

공중에 떠오른 검이 풍차처럼 휘리릭 회전한다.

동시에 주서천의 소맷자락이 펄럭이면서 무언가가 나왔다.

하나 누구도 눈치채지 못했다. 두 사람이 워낙 접근해 있는 탓이었다. 오로지 적오만이 볼 수 있었다.

소맷자락의 어둠 속에서 뿜어져 나온 비수를.

퓨붓!

오른쪽 소매에서 나온 비수는 적오의 적색 비늘을 뚫진 못했다. 그 대신 스쳐 지나가 어깻죽지에 꽂혔다.

그 탓에 적오가 전력을 다한 왼손의 방향이 꺾여 버렸다.

"끝이다."

유령곡의 자객도 울고 갈 만한 실력이었다.

앞으로 고꾸라지려는 적오의 품 안으로 파고들며, 왼손에서 나왔던 비수를 잡아 앞으로 쭉 내밀었다.

푸욱!

"끄으윽……."

적오는 쓰러지지 않기 위해 최후까지 발버둥 치려 했으나, 힘이 나지 않아 꼼짝도 할 수 없었다.

가슴이 턱 막혀 아무 말도 하지 못하고, 옅은 숨을 내쉬며 바닥에 쓰러졌다.

주서천은 가슴과 어깨에 꽂힌 비수를 소맷자락 아래로 회수하곤, 쓰러진 적오의 몸 위에 발을 올렸다.

"이럴 수가!"

"저, 용조를 저리 쉽게……?"

"도대체 누구지?"

해남검파 측에서 경악 어린 소란이 흘러나왔다.

남해용문의 용조, 적오.

천하백대고수는 아니나, 충분히 등좌(登座)할 수 있는 무공 실력을 지닌 화경의 고수였다.

해남도의 제이검인 전수국조차 적오에게 밀리지 않았는가. 그 존재는 해남검파에게 있어 공포였다.

그러한 이가 약관의 젊은이에게 한순간에 당해 버렸으

니, 놀라지 않을 수 없었다.

"용조께서 당하시다니……."

"어떻게 해야 하지?"

"이럴 수가……."

남해용문 측에선 탄식이 흘러나왔다. 하나같이 어찌해야 할지 모르는 눈치였다.

반응을 보아하니 용조, 적오는 남해용문 내부에서도 상당한 영향력을 끼치는 인물이었던 모양이었다.

'좋아.'

주서천은 남해용문의 반응에 내심 웃었다.

혹시나 광분해서 날뛰면 어쩌나 했지만, 걱정과는 다르게 최적의 반응을 보여 다행이었다.

"다음은 누구냐."

한 걸음 내디디며 위압 어린 기세를 내뿜었다.

흠칫!

"으으……."

남해용문이 몸을 움찔 떨며 뒷걸음질 쳤다.

하나같이 머리카락 색이 물빛이다 보니, 파도가 출렁이는 것처럼 보였다.

"후퇴한다!"

남해용문 중, 적오 다음가는 고수가 지시를 내렸다.

"제기랄!"

"돌아간다!"

지시와 동시에 남해용문이 등을 돌리고 후퇴를 시작했다.

"어딜!"

해남검파가 옳다구나 하면서 뛰쳐나가려 했다. 방금 전까지의 절망 어린 모습은 어디로 갔나 싶은 기세였다.

"기다리세요!"

제갈수란이 해남검파의 등 뒤로 소리쳤다.

내공을 실어서 그런 것인지, 전장에 크게 울렸다.

그녀의 위엄 있는 어조에 해남검파가 잠시 멈추었다. 누구인지도 모르는데 신기하게도 따르게 됐다.

"쫓지 않는다!"

전수국도 무언가 눈치채고 지시를 내렸다.

"하지만, 대사형⋯⋯."

"다들 승기에 눈이 멀어 지쳐 있음을 못 느끼고 있을 뿐이다. 그들을 추격하기엔 여력이 부족하다."

올바른 판단이었다.

해남검파는 이백여 명의 정예 중 반절을 잃었다.

그 충격 속에서도 남해용문의 포위에서 어찌어찌 버텨내느라 몸도 마음도 상당히 지쳐 있었다.

"또한, 저 지옥을 아무 생각 없이 뚫고 갈 생각이냐?"

"아……!"

사해갱진.

사형제의 반을 데려간 지옥이다.

설사 주서천과 제갈수란이 돕는다고 해도, 자기 집처럼 돌아다니는 남해용문을 쫓기에는 역부족이었다.

무엇보다 사해갱진을 건넌다는 것 자체만으로도 마음의 부담감이 상당했다.

또한, 도와주었다곤 하지만 아직 정체도 잘 모르는 사람들을 무작정 믿고 따라갈 수도 없는 노릇이었다.

아쉬워도 여기선 보내 줄 수밖에 없었다.

전수국은 사형제를 진정시키고 주서천과 제갈수란에게 다가갔다. 은혜를 입은 만큼 태도는 공손했다.

"도움을 받은 처지에서 염치 불고하오나, 이 기문진 밖으로 나갈 수 있도록 도와줄 수 있겠소?"

"물론입니다."

해남검파는 제갈수란의 안내를 따라서 사해갱진을 무사히 탈출할 수 있었다. 당한 게 있는 만큼 그들의 발걸음에는 두려움과 조심스러움이 묻어났다.

"밖이다!"

"그 지옥을 빠져나오다니……."

"당분간 해변은 마음 놓고 걷지 못하겠군."

"휴우!"

여기저기서 안도의 한숨이 흘러나왔다.

그러나 몇몇은 사형제를 잃은 아픔에 충격이 큰지, 넋이 나가 있거나 혹은 울분을 토해 내고 있었다.

"아이고, 천하제일대협객 주서천 대협!"

사해갱진 밖에서 대기 중이었던 이의채가 언제나처럼 손바닥을 비벼 대면서 아부하며 다가왔다.

그 뒤로는 정찰대였던 일행이 기다리고 있었다.

"이 소상이 얼마나 걱정했는지 아십니까! 대협께 혹시라도 큰일이라도 일어난 건 아닐지, 아주 애가 타서 미칠 노릇이었다니까요!"

"형님께서 돌아가신 뒤 상단의 지분은 어떻게 나눠야 할지 물으시지 않았어요?"

제갈승계가 묻자, 이의채의 안색이 창백해졌다.

"아니, 그게 무슨 소리십니까! 천하제일두뇌기관천재 제갈승계 대공자님! 이 소상이 언제 그런 말을 했다고요? 아이고, 억울합니다!"

"생각해 보니 안 했던 것 같아요."

기관과 천재라는 말에 껌뻑 죽는 제갈승계였다.

"기문진 안에 뭐가 도사리고 있을지 모르니 대기하고 있으라는 명만 아니었더라면 이 이의채, 목숨을 아끼지 않고 곧바로 대협을 따라 들어갔을 겁니다요!"

"시끄럽소, 상단주."

주서천이 못 말리겠다는 듯이 고개를 흔들었다.

이의채가 방긋 웃으며 입을 잠그는 시늉을 했다.

"구은을 입었소. 도와주셔서 정말로 감사하오."

전수국은 주서천과 제갈수란에게 포권으로 인사했다. 자세에서 진심이 느껴졌다.

"해남검파의 전수국이라 하오. 강호에선 해남제이검이라 불리고 있소. 실례만 되지 않는다면 은인의 존함을 알고 싶소만, 괜찮소이까?"

"화산파의 사대제자 주서천이라고 합니다."

"아!"

전수국이 화산파라는 이름에 눈을 크게 떴다.

"어쩐지 낯익은 이름인가 했더니만, 정도의 영웅이신 검룡이었구려!"

'응?'

주서천을 비롯한 일행이 고개를 갸우뚱했다.

검룡이 틀린 별호는 아니지만 사실 무림에서 주서천을 보고 검룡이라 부르는 사람은 존재하지 않는다.

상천칠좌인 검신에게 검룡이라 부르는 건, 그 무위를 인정하지 않는 것과 마찬가지니 큰 결례이며, 심하면 모욕이

될 수도 있는 경우에 해당했다.

하나 전수국의 표정이나 태도를 보아하니 그러한 의도처럼 보이진 않으니, 의아할 수밖에 없었다.

"마음 같아선 이 자리에서 이야기를 나누며 인사드리고 싶으나, 나중으로 미뤄도 괜찮겠소? 사해갱진에선 나왔으나 이 근처가 안전하다는 보장도 없으며, 남해용문이 또 언제 전력을 이끌고 올지 모르는지라……."

"아, 물론입니다."

*　　　*　　　*

해남도, 여모봉(輿母峰).

해남검파.

"뭣이? 함정?"

머리가 희끗하며 얼굴은 주름살만큼이나 흉터가 가득한 노인의 목소리에 걱정이 담겼다.

팔다리는 길쭉하며, 노인임에도 군더더기 없는 근육을 지닌 이 노인이 해남검파의 파주(派主)다.

"예, 그렇습니다. 전 사형이 보내온 소식에 의하면 저희 쪽 정예 중 반절이 당했다고 합니다."

"반절이나? 끄응!"

파주, 위일해가 앓는 소리를 흘렸다.

"어떻게 된 것인지 자세히 설명해 보거라."

위일해는 사정을 전해 듣고 안도의 한숨을 내쉬었다.

전멸당할 뻔했다는 이야기가 나왔을 때는 간담이 서늘했으나, 도움을 받아 살아남을 수 있었다고 한 게 불행 중 다행이었다.

만약 그 장소에서 누구도 살아 돌아오지 못했더라면, 수백 년 이상의 역사를 자랑하는 해남검파는 역사 속으로 사라졌을지도 모른다. 천만다행이었다.

"그보다, 도움을 받았다고 하던데, 대체 누구에게 도움을 받은 겐가?"

"예. 화산파의 주서천과 제갈세가의 제갈수란이라는 자입니다."

"으음?"

위일해가 이해하지 못하는 표정을 지었다.

"제갈수란이라 하면 무림맹 군사의 손녀가 아닌가. 세가에서 애지중지하는 아이를 중원과 거리가 떨어진 해남도에 보내다니……? 이해가 안 가는구나."

"전 사형의 전보가 긴급인지라, 자세한 내막까진 적혀 있지 않아 그것까진 잘 모르겠습니다."

"이래저래 의문이 드는구나. 그보다, 화산파의 주서천이라 하면…… 내 기억이 맞다면 그 검룡 말이더냐?"

"맞습니다. 정혈대전에서 검선의 도움을 받아 혈마의 목숨은 끊은 장본인입니다."

"정파의 후기지수 중 둘이나 이곳에 오다니. 심상치 않구나. 중원에 무슨 일이 벌어지고 있는 거지? 설마, 정마대전이나 정사대전이라도 일어난 건가?"

                    *   *   *

해구, 선착장.

해남검파는 부상자의 치료를 위해 일행이 타고 온 선박 근처에 숙박을 잡았다. 신의가 있어 위급한 중상자도 무사할 수 있었다.

"오룡삼봉 중 세 사람이나 오다니…… 도대체 중원에서 무슨 일이 벌어지고 있소? 혹시나, 정마대전이나 정사대전이라도 일어난 거요?"

전수국이 단리화의 얼굴을 힐끗 보고 물었다.

주서천 일행은 대답하지 않고, 그 대신에 서로의 얼굴을 마주 보며 눈빛을 교환했다.

"눈치를 보아하니 그런 것 같구려. 생명을 빚진 은인께는 미안하오나, 애석하게도 거절해야 할 것 같소. 해남검파가 처한 현재 상황이 썩 좋지 않소이다."

"잠시만 기다려 주세요."

제갈수란이 손을 들어 전수국의 말을 제지했다.

"무언가 오해가 있는 모양이네요."

"오해?"

"혹시, 오늘이 몇 년 몇 월인지 알 수 있을까요?"

"……?"

전수국이 이해가 안 가는 듯한 표정을 짓자, 제갈수란이 다시 질문했다.

"그러면, 중원의 소식을 마지막으로 들은 게 언제인가요?"

"음, 아마 일 년에서 이 년 정도는 됐소."

"휴우!"

주서천이 가슴을 쓸어내리며 한숨을 내쉬었다.

'난 또 회귀한 줄 알았네.'

농담이 아니라 진심이었다.

죽어서 과거로 돌아온 경우도 있는데 단체로 몇 년 전으로 회귀한다고 해도 이상한 게 아니었다.

오늘 날짜를 들으니 다행히 그건 아니었다. 그리고 그다음 말에 모든 걸 깨달을 수 있었다.

전수국, 아니 해남검파는 모종의 이유로 중원과의 연락을 최소 일 년 이상 받지 못한 게 분명했다.

제갈수란은 전수국과 원활한 대화를 위해서 정혈대전 이후에 중원에서의 일을 요약만 짚어 설명했다.

이야기가 전부 끝나자, 전수국은 입을 다물지 못하고 믿기지 않는 어조로 물었다.

"아니, 그게 정말이오?"

정혈대전 종전 후 곧바로 이어진 정마대전.

천마의 사망 이후 암천회의 등장.

하나같이 터무니없는 소식인지라 믿을 수 없었다.

전수국이 당황하는 것도 이상한 게 아니었다. 이 모든 일이 삼 년도 되지 않아 벌어진 일이라니.

전쟁의 기간은 시대마다 다르기는 했지만, 그걸 감안하더라도 너무 일찍 끝난 감이 있다.

정혈대전이나 정마대전처럼 대규모 전쟁이라면 더더욱 그렇다.

"이걸 믿어야 할지, 말아야 할지……."

전수국은 복잡한 심경이었다.

만약, 말해 준 사람이 오룡삼봉이 아니었더라면 광인 취급하면서 전부 다 듣지도 않았을 것이다.

그러나 오룡삼봉 중 삼인, 심지어 그 유명한 금의상단주까지 있다 보니 그냥 지나칠 수는 없었다.

"아무리 남해에선 중원의 소식이 늦는다고 하지만, 그래도 너무 늦네요."

제갈수란이 고운 미간을 좁혔다. 그 모습조차도 아름다
웠다.

"해남도에서 무슨 일이 벌어지고 있는 건가요?"

해남도의 출입이 어렵다지만, 어디까지나 어려울 뿐 절
대적으로 불가능한 건 아니었다.

아무래도 중원의 소식은 신경도 쓰지 못할 만큼 좋지 않
은 일이 벌어지고 있는 게 틀림없었다.

"그렇소."

전수국의 얼굴은 그다지 좋지 못했다.

"본 파는 원래 녹회문이라는 해남도의 문파와 오랫동안
세력 다툼, 아니 전쟁 중이었소."

해남도의 세력 분포도는 제각각이다.

사실, 해남검파를 제외하곤 정사의 개념이 희박했다. 중
원과 떨어져 있다 보니 거의 새외 무림이었다.

이렇다 보니 해남도는 정사의 이념 대립이라기보다는 지
역 이익에 관련된 세력권 다툼에 집중되어 있었다.

어쨌거나, 해남검파와 녹회문은 전력이 엇비슷하여 쉽사
리 전쟁의 결말이 나지 않고 지속됐다.

무림맹에 도움을 요청했으나, 거절당했다. 하지만 중원
의 사정이 더 안 좋아 이해 못 하는 건 아니었다.

문제는 그 이후였다.

"녹회문과의 전쟁 도중…… 어느 날, 그들이 갑작스럽게 나타났소."

"그들?"

"용궁에서 왔다는 인어(人魚)들."

전수국이 이를 으드득 갈았다.

"남해용문이오."

〈다음 권에 계속〉